LE SOLEIL EST NOUVEAU CHAQUE JOUR

ÉRIC PESSAN

LE SOLEIL EST NOUVEAU CHAQUE JOUR

M+
l'école des loisirs
11, rue de Sèvres, Paris 6e

Loi n° 49.956 du 16 juillet 1949 sur les publications
destinées à la jeunesse : septembre 2023
Dépôt légal : septembre 2023

ISBN 978-2-211-31061-1

Faire des cabanes : imaginer des façons de vivre
dans un monde abîmé.

Faire des cabanes en tous genres – inventer, jardiner les possibles ; sans
craindre d'appeler « cabanes » des huttes de phrases, de papier,
de pensée, d'amitié, des nouvelles façons de se représenter l'espace,
le temps, l'action, les liens, les pratiques. Faire des cabanes pour occuper
autrement le terrain ; c'est-à-dire toujours, aujourd'hui,
pour se mettre à plusieurs.

Marielle Macé, *Nos cabanes.*

Cette histoire, je ne sais pas vraiment par où commencer pour la raconter. Le plus simple serait sans doute d'attaquer par le début, mais j'ignore où il se situe, ce début. Il n'y a pas eu un moment précis où les choses ont débuté, un point d'origine net et tranché. Et surtout, cela n'a pas commencé pour nous tous au même moment. Certains se sont vite impliqués, d'autres nous ont rejoints plus tardivement. Alors j'hésite, je fais des brouillons que je rature, des fichiers que je supprime. Je tourne en rond, m'agace.

Je n'arrive pas à mettre les choses dans l'ordre. J'ai du mal avec les chronologies. La preuve : je commence par la fin. Je mélange tout.

En me demandant d'écrire, les autres m'ont confié une grande responsabilité : si je ne suis pas sincère, si je me trompe, si ma mémoire me joue des tours, quelqu'un quelque part m'en voudra. Nos pages sur les réseaux sociaux ont été supprimées. Le cloud dans lequel nous archivions nos pensées et le journal de nos actions a disparu. Les flics jurent qu'ils n'y sont pour rien. *On a été hackés*, disent-ils. Plus le mensonge est gros, mieux il passe.

Et les journalistes nous oublierons vite. La conclusion de notre histoire a fait la « une » de la presse, les caméras se sont tournées vers nous, puis nous avons disparu des mémoires. Il se passe tellement de choses dans le monde, à quoi bon s'encombrer l'esprit avec le souvenir d'un truc vaguement héroïque et vaguement pathétique ? Même les journaux qui ont soutenu notre combat sont passés à d'autres sujets.

J'écris tout cela sans amertume, c'est la vie, c'est dans l'ordre des choses. Le monde fourmille d'événements qui réclament l'attention, les uns derrière les autres. Tant de drames, de guerres, d'injustices, d'actions. Notre lutte est sortie de l'ombre avant de regagner l'ombre ; le petit moment où elle a atteint la lumière est déjà une victoire.

Nous avons tenu trois semaines.

Après coup, cela me paraît dingue.

Trois semaines.

Il en faudrait, des mots et des phrases, des chapitres entiers, des kilomètres de sujets, verbes, compléments, noms et adjectifs cousus ensemble pour raconter vraiment ce qui s'est déroulé, qui nous sommes et quels ont été nos rêves. Parce que cette histoire, c'est celle d'un rêve tellement grand qu'il a fini par se casser la gueule. La société est venue rappeler à la bande de gamins que nous sommes qui dirige, qui donne les ordres, qui commande.

Et qui donne les coups.

On a gagné, pourtant, mais je garde dans ma bouche le goût métallique de la défaite. Je ne savais pas qu'une victoire pouvait être aussi triste.

Ce que j'ai commencé à écrire n'y suffira pas, je le sais. C'est sans doute pour cela que je tourne autour du pot : je retarde le moment de me lancer dans le récit parce que j'ai la certitude, au fond, que je vais trahir ce qui s'est déroulé dans nos têtes comme dans nos cœurs.

Je n'avais jamais réfléchi à ça en lisant un livre, avant.

À moins de n'avoir aucune conscience, l'auteur a des comptes à rendre, il doit faire de son mieux.

J'ai envie de laisser tomber, je n'ai pas demandé à avoir ces responsabilités. Seulement, j'ai besoin d'écrire ce texte, pour moi, pour les autres, pour qu'il reste quelque chose de nos rires et de nos espoirs. Les mots seront une victoire. On peut reconstruire le passé avec des mots, on peut faire revivre un rêve.

Alors je tente.

Et je me fixe une contrainte : avancer sans me retourner, sans plus rien gommer d'autre que mes fautes d'orthographe ou de syntaxe. Si je regarde en arrière, j'ai peur de tout effacer à nouveau. C'est peut-être ce que nous racontent ces mythes de l'Antiquité où un héros accomplit mille choses, puis – au moment de sa victoire – se retourne malgré l'interdiction des dieux et détruit tout ce qu'il vient de gagner. Orphée qui remontant des enfers veut jeter un simple coup d'œil sur Eurydice la perd à tout jamais. C'est une métaphore adressée à celles et à ceux qui ont une histoire à raconter : si on ne va pas de l'avant, elle disparaîtra.

Je n'en sais rien. Je crois que j'écris tout ça justement pour ne pas me lancer.

Alors allons-y, et si, par malheur, je blesse qui que ce soit, qu'il ou elle m'en excuse par avance, ce sera par pure maladresse, ce sera aussi parce que je vais raconter la mienne, d'histoire, un simple brin tissé dans la trame commune.

C'est parti.

Je commence au moment où nous avons construit nos cabanes.

Alors que Klara et moi étions encore ensemble.

Alors que l'avenir était encore un brouillard confus. Quand tout restait possible.

Alors que nous avions répondu à un appel lancé sur internet, un message à l'intérieur d'une bouteille perdue dans le si vaste océan numérique déchaîné.

LE JOUR D'AVANT:
LES CABANES

Aucun vent ne souffle, mais les branches pourtant se balancent, leur mouvement est presque imperceptible, elles sont agitées par un roulis subtil, très lent, que l'on pourrait ne pas ressentir si l'on n'y prenait pas garde ; il est nécessaire d'être attentif pour comprendre les mouvements de l'arbre, sa souplesse, sa molle agitation. L'arbre fait semblant d'être immobile, en vérité il se berce. Il est comme la poitrine d'un inconnu, il faut y poser la main pour se rendre compte que là-dessous un cœur bat, vivant et ardent. L'arbre épouse les trajectoires subtiles des courants aériens, ses branches ligneuses conservent une flexibilité étonnante. Je pensais qu'un aussi vieux chêne aurait la dureté figée de la pierre, je me trompais. Bon nombre de choses ne se révèlent que si on prend le temps de les observer vraiment, de les éprouver sans se contenter de leur jeter un coup d'œil en vitesse.

C'est peut-être l'un des problèmes de l'humanité : être trop pressée.

Pour saisir certains détails, il faut s'arrêter, regarder, sentir, toucher, goûter, écouter, s'ouvrir. Je glisse la paume de ma main sur l'écorce de l'arbre, elle est rugueuse, profondément crevassée et paradoxalement douce par endroits, elle ressemble à de gigantesques écailles, je ferme les yeux quelques secondes, l'odeur de l'arbre m'enveloppe, une odeur terreuse et sucrée, ça sent la mousse et la sève. Partout alentour les feuilles bruissent, des branches se frottent en produisant un son sec et grave, et l'arbre tout entier ondule. Je rouvre les yeux, les muscles me tirent après les efforts fournis, je suis claqué et apaisé.

Nous y sommes arrivés, nous sommes parvenus à la première étape de notre projet sans rencontrer de difficultés notables. Quelques frayeurs, des maladresses, mais aucun blessé, et les structures semblent solides. Je laisse la joie m'envahir. Le stress et l'effort l'ont gardée à distance jusqu'à présent. C'est fini, je peux me détendre.

Un SMS : on l'a fait, suivi d'une bonne dizaine d'émojis qui sourient, rient, s'étonnent, transpirent. Je répondrai plus tard.

Le souvenir d'une fable de La Fontaine apprise par cœur à l'école primaire me traverse l'esprit. Ce roseau qui résiste à la tempête en pliant alors que le chêne, lui, est déraciné. J'éclate de rire et Klara tourne la tête vers moi, un point d'interrogation dans le regard, je lui fais signe que tout va bien, les chênes plient, les arbres sont souples, leurs faîtes se laissent bousculer par les vents et les courants aériens, le bon vieux Jean de La Fontaine n'y connaissait pas grand-chose ; enfant, il n'avait pas dû monter de branche en branche tout en haut des arbres, sinon il aurait employé une autre métaphore pour dire que le faible, parfois, résiste mieux que le fort.

À l'ouest, le soleil va bientôt se coucher, le ciel rougeoie et je ferme les yeux à nouveau pour mieux ressentir l'ondulation douce des branches, j'ai l'impression d'être à bord d'un bateau ; j'invente, je n'ai jamais passé de nuit sur un bateau, le monde tangue avec légèreté, je suis ballotté par une houle végétale. J'ignore à quelle hauteur nous nous trouvons, plus de dix mètres, moins de vingt, les branches sur lesquelles nous avons fixé les premières planches ont une section d'au moins quinze centimètres, le plancher sur lequel je suis allongé est solide, nous avons utilisé des cordes plutôt que des clous, nous voulions des structures légères et flexibles, facilement démontables : pas de fer dans l'écorce. Nous avons tenu au mieux compte des particularités de chaque chêne pour trouver à quel endroit placer nos constructions. L'idée était de construire nos abris comme les oiseaux bâtissent leurs nids, sans blesser les arbres, sans leur imposer la morsure de vis ou de clous.

L'arbre tangue avec grâce, je ne sais pas vraiment si ce que je ressens s'apparente au vertige, j'ai toujours imaginé le vertige violent et dangereux, je me laisse bercer et tout mon corps éprouve une sorte d'ivresse.

Regarde.

Mes yeux s'ouvrent à l'appel de Klara. Le rouge a contaminé le ciel, le soleil va bientôt disparaître au-delà de la canopée, l'instant est d'une beauté et d'un silence à couper le souffle : les nuages glissent de l'orangé au pourpre et du pourpre au mauve, la luminosité baisse de minute en minute, je vois des lampes s'allumer dans les arbres les plus proches. Au-dessus de nos têtes, il est possible au regard de se faufiler entre les feuillages pour contempler le ciel. L'instant est parfait, absolument parfait, Klara s'approche, j'ouvre grand mes bras et elle vient se blottir contre moi, nous restons dans la lumière du monde, nous n'avons pas besoin de lampes, je respire le cou de Klara, ses cheveux chatouillent mon nez, le soleil n'en finit plus de s'effondrer au-delà de l'horizon, les nuages dessinent des paysages de montagnes psychédéliques, l'arbre chaloupe, je suis épuisé, j'ai des ampoules sur les paumes des mains et sur certains doigts, mais je me sens heureux, terriblement heureux. Nous l'avons fait. En une journée, nous avons installé quatorze cabanes dans les arbres sans être inquiétés ni interrompus. Je profite de l'absolue quiétude de l'instant car bientôt, je le sais, le fracas du monde va nous rattraper. Au moment où le soleil disparaît, un coup de vent vient agiter notre refuge, quelques branches grincent, le plancher craque sous nos fesses, il reste encore un peu de travail pour achever nos nids, la météo ne prévoit pas de pluie dans la semaine à venir, nous aurons les prochains jours pour bâcher, pour sécuriser les cabanes, pour peaufiner notre installation. Plusieurs rafales accentuent le balancement des branches, Klara pousse un petit cri de surprise, *Tu as le mal de mer?* je demande, elle éclate de rire, m'embrasse, et l'immense fatigue que je ressens ne nous empêche pas de nous aimer. Allongés sur le plancher, nous sommes comme seuls au monde, les feuilles nous protègent et nous dissimulent.

Après toutes ces dernières semaines où nous nous sommes éloignés peu à peu, ce moment-là est merveilleux. Je fais le vœu qu'il dure toujours. Trop souvent ces derniers temps, quand Klara me regarde, je ne lis que de la fatigue dans ses yeux.

Bientôt, nous déplions nos matelas mousse, installons nos duvets et nous allongeons pour dormir. J'ai l'impression d'être trop fatigué pour accepter l'arrivée du sommeil, mais il vient. Et quand je me réveille le lendemain, je pense à cette phrase que l'un de nous avait postée sur notre groupe fermé, une citation d'un philosophe grec, Héraclite, sur laquelle il avait travaillé à la fac.

Le soleil est nouveau chaque jour.

PREMIER JOUR:
OPÉRATION *PHYLLOSCOPUS*

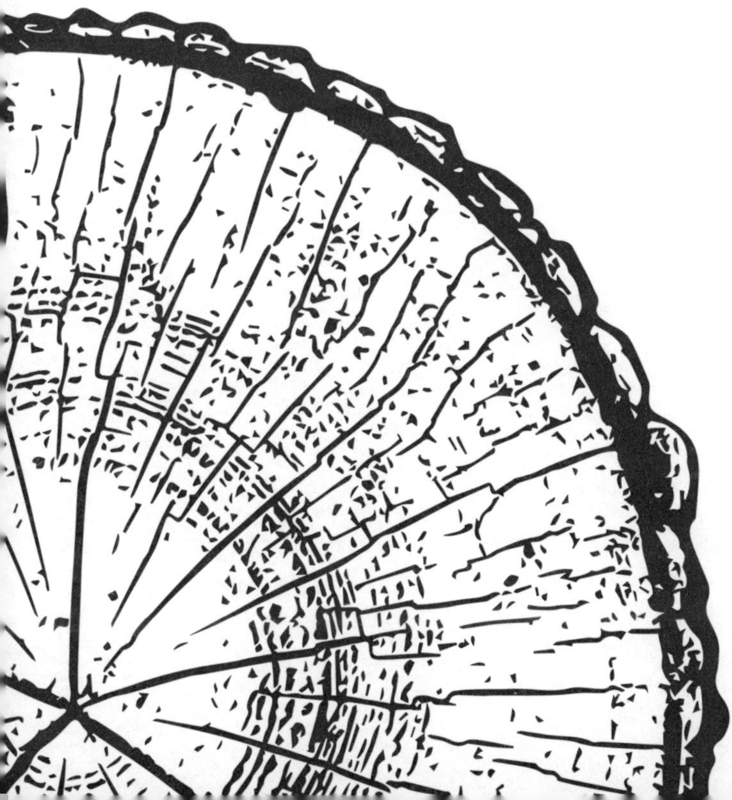

On a gaspillé beaucoup de temps avant que l'on se décide à agir.

Beaucoup de temps, d'hésitations, de reports, de *j'y vais*, de *j'y vais pas*, de *faudrait qu'on*, de *il suffirait de*.

De hasards aussi.

Des soirées et des soirées où l'on se mettait la tête en vrac à ressasser nos colères, à se dire qu'un jour on oserait affronter le monde. J'ai l'impression de les transporter partout avec moi, ces soirées. Je me souviens surtout qu'elles finissaient constamment mal en raison d'un trop-plein. J'étais submergé par un vrac confus de colères, d'indignations, de plans sur la comète, d'idées ramassées dans un bouquin ou un article ; et nous nous saoulions de mots plus vastes que nous, d'envies de révoltes dont nous repoussions éternellement le grand soir, attendant/espérant que d'autres que nous s'y collent, ouvrent une voie dans laquelle nous n'aurions plus qu'à nous glisser.

Nous, on se flanquait des frissons en conjuguant des verbes au futur.

J'étais en vrac, nous étions en vrac.

Vrac d'ivresse aussi, de fumettes, de rires et de vie, au cours de soirées électriques où il faut élever la voix pour couvrir la musique, où la peau appelle la peau, où les mains se cherchent, se frôlent, se trouvent, se serrent.

Vrac de plus en plus confus à mesure que l'alcool rend la rage plus vive et la langue plus pâteuse, à mesure que les grandes résolutions destinées à transformer le monde butent sur les lèvres, contre les dents, trébuchent maladroitement au moment où l'on voudrait les exprimer le plus clairement possible.

Vrac des têtes qui tournent, des blagues qui s'alourdissent, des pensées rendues opaques par le prochain shot, la prochaine bière, la prochaine taffe.

Vrac des élans qui se brisent aussi vite qu'un briquet décapsule une canette, vrac en prélude au moment où certains courent vomir dans les toilettes, où d'autres s'endorment quasiment en sursaut, s'effondrant sur un fauteuil, un coin de canapé, honteusement, gardant coincée au fond de leur esprit la consolation qu'un jour ils iront se battre contre le système, contre la société, contre le paternalisme, le patriarcat, le machisme, le racisme, l'homophobie, le libéralisme, contre tout ce qui tue peu à peu la beauté du monde.

Un jour, nous agirons.

Un jour.

Un jour de plus en plus lointain.

Vrac du lendemain où la migraine enserre les crânes, où l'on se réveille au milieu des cadavres de bouteille, dans la puanteur des cigarettes flottant au fond d'un verre. Vrac qui résistera aux bulles du comprimé de paracétamol en train de se dissoudre dans l'eau.

Vrac que j'ai si souvent contribué à entretenir, affirmant à Klara que, non, je ne suis pas ivre, tout en sachant que je mens, qu'elle sait que je mens, qu'elle sait même que je sais qu'elle le sait.

Vrac qui a contribué à accroître le silence entre elle et moi, elle qui ne boit jamais, moi qui trouve dans un fond de vodka orange l'impression qu'un jour j'accomplirai de grandes choses.

Et puis nous avons osé.

Nous avons rejoint un comité de soutien découvert en ligne, nous avons écrit, on nous a répondu, un lien s'est créé. Fatou a montré le message à Klara qui me l'a montré. Elle l'a aussi envoyé à ses frères, Jordan et Tony, qui l'ont diffusé à leurs amis. Antoine est le meilleur ami de Tony. Nous étions réunis par la lassitude d'attendre passivement que le monde change tout seul. Nous en avons discuté, en groupe. Très vite, certains ont refusé, prétextant que le combat était perdu d'avance, que le lieu du combat était trop éloigné de Nantes, où nous vivons, qu'ils avaient leur vie ici, leurs études, leur boulot, leurs obligations.

Très vite, nous n'étions plus que quatre.

Fatou, Klara, Antoine et moi.

Je n'en veux pas aux autres, certains sont coincés, ils bossent à l'usine sitôt les partiels passés, ils ont un prêt étudiant, ils sont prisonniers. Pour d'autres, c'est différent. Dans notre petit groupe disparate d'amis, certains se mentent à eux-mêmes. Ils gueulent contre ce qu'ils appellent le système, et ils sont très contents d'en faire partie.

Quand un soir Fatou a baissé la musique, nous a parlé de ce qui se passait en Lorraine et nous a demandé *Qui vient ?* beaucoup ont regardé leurs pieds.

Sur le moment, j'étais chaud, j'ai dit que je voulais en être. Le lendemain, une fois dessaoulé, je l'avoue, j'ai douté. Klara, non. Elle n'avait pas changé d'avis, alors j'ai puisé un peu de force en elle pour ne pas faire volte-face. Et je n'ai plus douté.

Nous avons attendu que les partiels soient derrière nous, puis nous sommes montés dans la Clio pourrie de Fatou et nous avons traversé la France pour rejoindre un combat engagé par d'autres.

Antoine, lui, est plus jeune, il avait le bac à la fin de l'année, il n'allait plus en cours, il avait décidé depuis longtemps qu'il ne se présenterait pas aux épreuves. Au début, je crois bien, Fatou ne l'aimait pas trop. J'ai cherché à comprendre, elle ne lui en voulait pas personnellement, mais il semblerait qu'une amie de Fatou prénommée Joséphine ait flashé sur Antoine et qu'il n'ait jamais répondu à ses messages. Une histoire dans ce genre ; la voix de Fatou devenait transparente à mesure qu'elle me racontait pourquoi elle en voulait à Antoine elle réalisait combien c'était stupide sans doute, ce n'était pas son affaire à elle, elle lui reprochait un truc qui – dans le fond – ne la concernait pas.

Nous nous sommes tassés dans la voiture. Quatre sur vingt personnes, c'est déjà pas mal. Nous avons googlé, cliqué sur des cartes, regardé à quoi ressemble la Lorraine, zoomé sur la Meurthe-et-Moselle, lu quelques articles sur l'histoire récente de la région.

Il faut agir.

C'est ce que m'a répété Klara.

Ne plus se contenter de gueuler que l'on n'en peut plus, une bière dans une main, un pétard dans l'autre, mais faire quelque chose, physiquement, en nous impliquant, pour nous prouver à nous-mêmes que tout n'est pas perdu.

Ce matin, à travers la frondaison, je contemple longtemps le ciel qui bleuit. À l'est, le soleil revient, un jour neuf se prépare. L'air est presque frais, j'ai dormi avec un bras – le droit – à l'extérieur du duvet, ma peau est froide, Klara dort encore, je ne bouge pas pour ne pas la réveiller, même s'il va bientôt falloir que je soulage ma vessie. Un oiseau – quel oiseau ? je suis sincèrement désolé de ne pas savoir reconnaître son espèce – est perché sur une branche située à trois mètres au-dessus de mon visage. Bâcher ne servira pas qu'à éviter de se faire tremper par une averse, cela nous évitera également de nous faire chier sur la tête. L'oiseau criaille un peu, une série de six sifflotements un peu enroués, je lui fais silencieusement coucou de la main et il décolle aussitôt, en lâchant une plainte qui ressemble fort à de l'indignation. Je tords le cou sans déranger Klara pour constater qu'à quelques centimètres près ses fientes me tombaient sur le visage. Ce sera peut-être une bonne journée. Merci l'oiseau.

Hier matin, lorsque nous sommes arrivés sur le site, nous n'en menions pas large. Nous avions quatre véhicules, dont deux camionnettes pour transporter les planches, les cordages, les provisions et l'outillage. Nous craignions que le bois ne soit protégé. Il était très tôt, à peine 6 heures, le jour se levait juste.

Le site est isolé, nous nous sommes garés dans un premier temps à deux cents mètres. Deux d'entre nous sont sortis, en tenue de sport, et ont couru vers le bois pour effectuer un repérage. Qui les aurait vus passer aurait pensé à des joggeurs très matinaux. Ils nous ont envoyé un SMS. Pas de chiens, pas de gardes, pas de caméras de surveillance. Nous avons redémarré les véhicules pour nous approcher au plus près du site. C'était presque trop facile. Les militants d'ici nous ont expliqué : lorsque, chaque samedi, des manifestations étaient organisées dans le secteur, les gendarmes bloquaient toutes les routes, contrôlaient les véhicules, empêchaient qui que ce soit d'approcher avec des matériaux. Ils craignaient l'installation d'une ZAD, ne voulaient pas voir des opposants s'implanter sur le site. Lors des premières manifestations, les participants avaient droit à un contrôle en règle de leurs papiers d'identité. Partout en France, les gendarmes avaient retenu les leçons de Notre-Dame-des-Landes. Quand un projet d'aéroport au nord de Nantes avait été rendu public, des centaines de gens venus de tout le pays avaient construit des villages entiers, s'étaient mis à cultiver les terres ; et il avait fallu des moyens énormes, et beaucoup de violence, pour tenter de les déloger. Là, c'était clair, le préfet avait ordonné le verrouillage du secteur pour dissuader quiconque de venir y vivre.

L'installation à demeure d'opposants semblait inenvisageable.

Sauf qu'entre-temps la crise sanitaire est arrivée, que le monde entier est resté deux ans suspendu à l'évolution d'un virus. Et la gendarmerie n'a pas pu surveiller le site vingt-quatre heures sur vingt-quatre.

Sitôt garés, nous avons commencé à nous équiper de baudriers et à escalader les arbres. Un premier groupe jetait des cordes permettant d'atteindre les branches les plus basses, montait en utilisant des bloqueurs à main, puis passait de branche en branche pour nouer une corde plus longue à la hauteur où nous allions installer les cabanes. Les premiers grimpeurs ont également fixé des poulies permettant de monter les matériaux. Puis, par équipes de deux ou trois, nous avons bâti nos nids, en commençant par les planchers. Nous avions récupéré et désossé des dizaines de palettes, nous avions préparé des structures faciles à transporter comme à assembler.

La journée a filé à la vitesse de l'éclair ; au début, nous craignions de voir débarquer des promeneurs ou – pire – des gendarmes. Tant que nous n'avions pas véritablement achevé nos cabanes, nous restions vulnérables. Peu à peu, nous nous sommes détendus, les choses avançaient bien et vite. En milieu d'après-midi, nous avons pu monter les vivres, l'eau, tout ce qui nous permettra de tenir le siège qui ne manquera pas d'avoir lieu. En fin de journée, celles et ceux qui ne restaient pas sur place sont repartis avec les quatre véhicules. Ce sont eux qui formeront notre comité de soutien. Et eux qui tenteront de nous approvisionner si jamais l'occupation dure. Dans chaque cabane, nous avons assez de nourriture et d'eau pour tenir une vingtaine de jours, mais il ne faut pas que cette information filtre. Ceux qui tenteront de nous déloger ne doivent pas savoir combien de temps il leur faudrait pour nous affamer.

Le site, nous l'avions soigneusement étudié, en petits groupes ou seuls, nous sommes venus nous balader, nous avons pris des photos, nous avons observé les arbres, les alentours, les accès, les issues de secours possibles. Nous avons lu tout ce que nous avons pu trouver sur cette forêt. En parallèle, nous nous sommes entraînés durant quelques semaines aux règles élémentaires de l'escalade. Fabio nous a appris le b.a.-ba ; il a passé son enfance dans la montagne, il a ouvert des voies avec son père dans les Alpes italiennes. Fabio est l'un des initiateurs du comité de défense, il est à l'origine de l'occupation de la forêt. Il est un peu plus âgé que moi, brun, regard noir, grand, sans doute le stéréotype du beau gosse si un jour il apprenait à sourire. Fabio est éternellement muré dans une colère dont je n'arrive pas à comprendre les causes. Il parle peu, il m'a fallu du temps pour l'approcher, pour l'aborder, pour échanger plus de deux phrases avec lui. Il est originaire d'un petit village situé dans le Parco Nazionale Gran Paradiso, inutile de traduire, en face du parc français de la Vanoise. Quand il rentre chez lui, l'été, pour gagner un peu d'argent, il est élagueur cordiste. Il monte dans les arbres pour aller tailler des branches à des endroits inaccessibles, en nacelle. Certains d'entre nous avaient pratiqué l'escalade, en loisir, en cours de sport, sur des murs aménagés ou des rochers naturels, mais Fabio possède une expérience intime de cette activité : il sait travailler accroché à une corde. Il pourrait d'ailleurs en faire son métier, il me l'a raconté, les cordistes sont très demandés dans le bâtiment, pour l'entretien des immeubles, et ils sont plutôt bien payés. Mais Fabio ne se voit pas être laveur de vitre acrobate toute sa vie, il vise autre chose. Dans la boîte où il bosse l'été, il a vu trop de types cassés avant l'âge, des collègues usés à qui il manque un ou deux doigts à cause des tronçonneuses, brusquement au bout du rouleau le jour où le vertige les rattrape. Fabio s'excusait presque de me confier ses pensées. *Attention*, il ajoutait, *ne crois surtout pas que je me sente supérieur aux ouvriers ou aux jardiniers, que je ne veuille pas faire ce métier parce que je préfère aller à la fac, j'ai croisé des types formidables, mais ce boulot est dur, très dur, il suffit d'une inattention, d'un problème de matériel. Ou d'une branche qui casse*, ajoutait-il en détournant les yeux. Il ne m'en a pas dit beaucoup plus, mais je crois qu'il porte en lui des histoires lourdes.

Sans Fabio, nous n'aurions jamais réussi. Il a été notre coach, il nous a inlassablement entraînés aux gestes de sécurité : ajuster un baudrier et utiliser une corde d'assurance. Précis et méticuleux, il a été un très bon instructeur, féroce parfois, ne tolérant aucun manquement à la sécurité. Il nous a fait faire et refaire et rerefaire. Il a aussi remis à sa place ceux qui prenaient des risques. Un garçon du coin, Estéban, né à moins de dix kilomètres du site, a voulu jouer au plus malin, Fabio et lui se sont vite frités, le ton montait, Estéban provoquait tout en se tenant prêt à fuir. Dès la première session d'entraînement, il n'a pas voulu s'assurer. *Je grimpe aux arbres depuis que je suis gamin*, il frimait, *je n'ai besoin d'aucun matériel*. Fabio a refusé de continuer si Estéban n'utilisait pas de baudrier, la tension est montée, j'ai senti venir le moment où Fabio allait en coller une à Estéban, je me suis interposé, j'ai juste redit pourquoi nous étions là. Ils se sont regardés en se lançant des défis, et Estéban a cédé, il a enfilé un baudrier en grommelant des trucs inaudibles. C'était la première d'une série de belles engueulades dans le groupe, certains supportent mal les remarques et les critiques, même si elles ont pour but de leur apprendre à maîtriser une technique. Un jour, à la fin de l'entraînement, Fabio est passé parmi nous en nous demandant de lui montrer les cordes que nous venions de rouler. Il les a toutes prises et les a jetées au sol, où elles se sont emmêlées en tas. Sans dire un mot, il en a récupéré une, l'a roulée et s'est éloigné en nous ordonnant de faire comme lui. *Je n'en peux plus de ranger le matos à votre place. À partir d'aujourd'hui, chacun est responsable de son bordel*, il a dit avant de s'allonger dans l'herbe. Forcément, les méthodes de Fabio ont divisé notre groupe en deux: il y a celles et ceux qui suivent ses ordres pour mieux se former et les autres – Estéban en tête – qui trouvent que son comportement ressemble à celui d'un véritable connard. Paradoxalement, les séances d'escalade nous ont permis de nous souder encore plus. Nous avons vite acquis, grâce à lui, le minimum de gestes obligatoires pour passer à l'action.

Sans Fabio, rien n'aurait été possible.

À l'est, le soleil est maintenant levé. Le jour est nouveau, le monde est nouveau. Je souris. La main de Klara passe sur mon visage, elle est réveillée elle aussi, nos regards se croisent. *Bien dormi ? – Comme un oiseau.* Nous rions. Elle se blottit un instant contre moi, puis je me lève. Par pudeur, je me place sur une branche située de l'autre côté du tronc et – dans la beauté du matin – je pisse. J'écoute cascader le jet qui heurte le sol douze mètres plus bas. Nous avons des seaux avec couvercle et de la sciure de bois pour la grosse commission, comme disent les enfants. L'urine est naturelle, je me marre tout seul à l'idée que quelqu'un passant sous les arbres puisse croire qu'il pleut.

Hier, avant d'aller nous réfugier dans nos abris, nous sommes descendus pour partager un dernier repas, tous ensemble.

Nous avions fait du beau travail, nous avons pu nous assurer que du sol la densité des feuillages rendait nos nids invisibles.

Hier soir, à un moment, j'ai regardé autour de moi. Nous étions tous claqués, pas la force ni l'envie de boire une bière, pas le moindre pétard qui tournait. Nous avions passé un contrat entre nous : pas d'alcool, pas de beuh durant l'occupation de la forêt. Si jamais nous tombions entre les mains de la police, la moindre boulette de shit serait utilisée contre nous. Ce serait trop facile de nous considérer comme de simples jeunes paumés, sous l'emprise de stupéfiants.

Hier soir, nous étions joyeux et silencieux, tendus et épuisés.

Hier soir, Klara souvent cherchait mon regard.

Hier soir était une victoire contre tout ce qui voûtait mes épaules et ma joie.

Klara est levée elle aussi lorsque je la rejoins. À moi d'aller pleuvoir, elle dit. Nous avons sécurisé les voies par des cordes qui permettent de faire le tour du chêne de branche en branche, voire de monter à quelques mètres au-dessus de notre espace de vie.

Je regarde l'heure sur mon portable. 6 heures. À 8 heures, les communiqués de presse seront expédiés. L'opération *Phylloscopus* a bel et bien démarré.

Avant de préparer le petit-déjeuner, je profite du calme pour aller me dégourdir les jambes, j'enfile le baudrier, jette une corde et descends en rappel dans l'infinie douceur du jour naissant. Les problèmes vont bientôt arriver, autant vivre pleinement les derniers moments de liberté.

Quand je mets un pied à terre, quelque chose détale dans les buissons, vers ma gauche, une chose massive et bruyante qui m'a vu avant que je l'aperçoive. La pensée un peu concon qu'elle n'a rien à craindre de moi me traverse l'esprit. Pour un animal, je suis un homme, donc un danger, mes convictions n'y changent rien.

Entre notre arrivée en Lorraine et le début de l'opération, un peu moins de quinze jours se sont écoulés. Le groupe qui a décidé d'occuper le site est majoritairement originaire du coin. Les gens sont venus de Longwy, de Metz, du Luxembourg proche, des Ardennes belges et d'Italie. C'est chez Lucas – j'en reparlerai – que nous nous sommes installés.

Nous avons construit quatorze nids. Chacun a décidé de l'architecture de sa cabane, certains ont juste posé un plancher sur la fourche d'une branche, d'autres ont carrément déployé une tente sur une base de bois de palettes. Klara et moi disposons d'une surface de six mètres carrés, le grand luxe, un espace de deux mètres par deux fermé sur trois côtés par des cloisons hautes d'un mètre auquel s'ajoute une sorte de balcon d'un mètre par deux, notre confort bourgeois. Dans la partie couchage du nid, il est impossible de tenir debout, nous devons y demeurer assis ou allongés. Il ne nous reste plus qu'à bâcher pour nous mettre hors d'atteinte de la pluie, si l'occupation dure. Nous sommes seize. Douze solitaires et deux couples. Fabio, Lucas, Antoine, Fatou, Maxime, Yann, Mehdi, Tom, Killian, Estéban, Lola, Amine, Manon et Sarah, puis Klara et moi, Thomas. Cinq filles, onze garçons. Et au sol, les soutiens regroupent une petite vingtaine de personnes. Certains se connaissaient depuis le lycée, ont pris part aux mêmes manifestations, d'autres – comme nous quatre, la bande des Nantais – se sont ralliés en cliquant sur des sites militants. Nous avons entre 18 et 23 ans pour les plus vieux comme Fabio, Klara et moi. Nous avons pris un nom de guerre : les *Phylloscopus*, ce sont des petits oiseaux communs, de la famille des pouillots, leur nom signifie qu'ils regardent dans les feuilles, ça nous convient parfaitement. C'est d'ailleurs peut-être un pouillot qui a failli me chier sur la tête ce matin.

Aujourd'hui débute l'occupation d'une petite forêt, à peine grande de cinq hectares, entourée de champs et d'un étang où une société de vente en ligne que je ne nommerai pas veut installer un entrepôt de 200 000 mètres carrés, soit une surface de vingt hectares. J'ai beau produire des efforts d'imagination, je ne vois absolument pas à quoi peut ressembler un entrepôt aussi monstrueux. La commune sur laquelle se situe le terrain se nomme Aciange. À peu près 2 000 habitants, un maire sans étiquette politique, un bourg ancien d'où s'étoilent des rues pavillonnaires. Beaucoup de voitures immatriculées au Luxembourg garées devant les maisons. Le prix du terrain est bien plus bas en France que de l'autre côté de la frontière située à moins de dix kilomètres. Quand on se balade dans le coin, on apprend vite qu'une bonne partie de la région était autrefois entièrement dédiée à la sidérurgie : un peu partout, des usines transformaient des minerais en poutrelles, boulons, rails ou plaques de tôle. Aciange n'a jamais été industrialisé, le village n'a connu ni usine ni mine, ce qui ne l'a pas empêché de se prendre la crise des années 1970-1980 en pleine gueule. Les gens qui vivaient là travaillaient dans la sidérurgie. La moitié de la population s'est retrouvée sans emploi du jour au lendemain. C'est ce que l'on nous a expliqué.

L'actuel maire voit dans l'implantation de la plate-forme une chance économique pour son village. Pourtant, la multinationale n'a promis qu'une poignée d'emplois précaires. À croire que le maire se sent personnellement flatté à l'idée qu'une des plus grosses sociétés du monde ait entendu parler de sa commune.

Lucas vit ici, il est le seul Aciengeois véritable de notre groupe, il nous a expliqué que le choix du village est d'autant plus absurde qu'il y a partout dans la région d'anciennes zones industrielles qui ne demandent qu'à être réinvesties. Le maire a proposé de vendre des terrains aux meilleures conditions, il a bradé les hectares bien en dessous de leur valeur. Avec la Belgique et le Luxembourg à un jet de pierre, l'Allemagne pas trop loin, le site a tout pour intéresser la société de vente en ligne. La première fois que nous sommes venus nous balader dans les bois, il pleuvait, l'air était frais, on ne voyait que du vert, du calme, des arbres, on entendait l'eau tomber, des oiseaux trouvaient ponctuellement la force de chanter. J'ai vu une image de synthèse du projet d'implantation. Je marchais dans l'herbe, la pluie coulait dans mon cou ; par-dessus ce paisible coin de nature, mon cerveau superposait d'impossibles visions de parkings immenses entourant un entrepôt disproportionné.

Plusieurs associations se sont alarmées, elles ont réalisé des études. Les projections avancent le chiffre de 8 000 camions et 20 000 voitures par vingt-quatre heures qui desserviront le site. Il faudra vite agrandir les routes, exproprier des paysans pour prévoir les contournements de plusieurs villages voisins. Il faudra que les habitants du coin acceptent d'entendre constamment le ronron des moteurs et de respirer l'air saturé de particules fines.

Pendant la crise sanitaire, quand nous étions confinés dans nos appartements, les gens rêvaient du monde d'après. Ça aurait dû être un monde plus responsable, plus écologique, plus vert, plus équitable.

D'après ce que j'ai compris, cela fait trois ans que des manifestations contre le projet d'implantation finissent par des tirs tendus de lacrymogènes.

Outre l'abattage des arbres (des chênes, des châtaigniers, des hêtres, principalement, quelques bouleaux en périphérie), l'assèchement de l'étang se trouvant au cœur du petit bois et la bétonisation des sols, l'implantation sera, à terme, catastrophique pour les commerces de l'ensemble de la région. La société qui souhaite bâtir l'entrepôt est connue pour la précarité de ses salariés ainsi que pour la façon désastreuse dont elle gère ses services : gaspillage, destruction des invendus, très fort impact carbone, mépris des réglementations environnementales, mépris des juridictions nationales, flou sur sa fiscalité.

Ce qui nous a réunis, c'est l'envie de faire enfin quelque chose, une chose concrète, une petite chose, sans doute, mais un acte. Ne plus subir, ne plus se contenter de râler ou de signer des pétitions en ligne. Ne plus passer des soirées à chouiner dans le vide contre l'avancée du monde, contre le cynisme des profiteurs, contre la pollution et la finance. Ne plus simplement cracher nos poumons et pleurer dans les nuées lacrymogènes des manifestations, mais faire, vraiment.

Certains d'entre nous étaient préparés, ils avaient déjà l'habitude de l'action. D'autres, comme moi, doivent tout apprendre.

Si nous avions commis l'imprudence de nous installer au sol, nul doute que la police nous aurait écrasés en quelques minutes. Notre position d'oiseaux perchés nous protège. Nous serons bien plus difficiles à déloger. Les forces de l'ordre craindront les accidents. Une chute de douze ou quinze mètres, ça ne pardonne pas. Personne n'osera nous tirer comme des pigeons. Du moins l'espérons-nous.

Nous agissons, *phylloscopus* minuscules dans nos nids.

À 8 heures, au moment où je reçois le SMS m'informant que les communiqués de presse ont été envoyés par courriels, nous déployons les banderoles que nous avons peintes ces derniers jours.

Nous agissons.

Un vent léger fait danser les draps et les calicots couverts d'inscriptions ou de dessins. Sur certains, on voit le logo de l'entreprise qui souhaite s'installer ici au centre d'un panneau routier d'interdiction : rond rouge rayé. Chacun a laissé parler sa créativité. Les slogans vont de *Des légumes, pas du bitume* à *On ne lâche rien*. Si nos nids sont pratiquement invisibles du sol, les banderoles, elles, signalent clairement notre présence. Des cris de joie accueillent leur déploiement. Puis nous remontons rapidement et récupérons les cordes. Fabio est l'un des derniers à regagner son abri, il prend quelques photos et va rejoindre sa cabane, ou plutôt son absence de cabane, il est le seul à ne pas avoir installé de plancher, il a fixé tout ce dont il a besoin sur plusieurs branches et se contente d'un hamac tendu à quinze mètres de hauteur. Je suis encore au sol, je le regarde monter à une vitesse hallucinante, puis les feuilles le masquent. À mon tour, je pars me mettre en sécurité. Nous sommes ensemble mais séparés. Nous gardons nos portables allumés. Nous disposons tous de petits panneaux solaires que nous avons fixés le plus haut possible, nous avons supprimé toutes les applications superflues pour économiser au maximum les batteries. Quand j'arrive à hauteur de notre cabane, Klara est assise, les jambes dans le vide, au bord de notre balcon ; elle me fait signe de la rejoindre, me montre son téléphone. Maxime, qui fait office de community manager, a modifié la confidentialité des pages de notre groupe, de privées elles sont devenues publiques. Il poste les photos que Fabio a faites. Nous avons prévu, à tour de rôle, de prendre la parole sur le groupe pour raconter qui nous sommes, ce que nous sommes, comment nous vivons dans nos nids. Immédiatement, plusieurs inconnus s'abonnent, Klara clique sur leurs profils, des amis, des amis d'amis, puis, enfin, des journalistes. Ils ont reçu notre communiqué, ils viennent voir si c'est sérieux ou s'il s'agit d'une plaisanterie. En ligne, ils auront à disposition tout l'historique de notre lutte.

C'est sérieux, donc.

Le matin demeure frais, Klara a jeté un châle sur ses épaules, elle me tend une tasse de thé, me sourit. Je plonge mes yeux dans les siens, si verts ; les premières fois que j'ai approché son visage d'assez près pour l'embrasser, je n'osais pas trop m'y attarder, la lumière de ses yeux me paraissait si pure qu'elle m'effrayait. Ma main passe sur sa nuque, j'ai tout le temps envie de toucher Klara lorsqu'elle se trouve à mes côtés. Le feuillage préserve notre intimité. L'arbre bruisse doucement, j'ai l'impression qu'il ne tangue plus, je me suis peut-être habitué. Tout le monde a remonté les cordes, si les forces de l'ordre veulent nous déloger, il va falloir qu'ils y mettent les moyens. Klara prend un selfie de nous deux, le poste sur le groupe, la police aura vite fait de découvrir nos identités, autant ne plus se cacher. Un instant, je pense à papa, je ne sais pas s'il sera fier ou en colère. Nous n'avons informé personne, ça aurait été risqué. *À quoi tu penses ?* demande Klara. *À Poids Plume*, je réponds, c'est le surnom qu'enfant je donnais à ma petite sœur, Julie, au moins un truc qu'elle n'aura pas deviné. Klara éclate de rire. Il faut dire que Julie est parfois extrêmement flippante, elle a une sorte de don, il est impossible de lui mentir. Il lui suffit de trois mots pour découvrir les pensées les plus secrètes de ses interlocuteurs. Je ne sais pas comment elle fait, je n'ai jamais cherché à comprendre. Jamais un seul professeur au lycée n'est parvenu à l'interroger par surprise. Ces derniers temps, j'ai été bien trop occupé pour la revoir.

Nous attendons, une sorte de compte à rebours est lancé. Mon téléphone vibre, un message de Manon. Je me tourne vers Klara, mais elle a reçu le même : une photo, les mains enlacées de Manon et de Sarah. Elles ont perché leur nid à une vingtaine de mètres, vers l'est. De notre cabane, nous ne pouvons pas voir les autres. Nos téléphones sont un cordon ombilical tendu entre nous, notre seul moyen de communiquer, de nous donner des nouvelles. Tom et Killian ont emporté des talkies-walkies au cas où la police brouillerait les communications. Je leur ai dit qu'ils sont paranos ; en vérité, je ne sais pas, j'ignore totalement à quoi nous devons nous attendre, ils ont peut-être raison de se préparer au pire. Il ne s'agit plus d'aller coller des affiches ou de manifester, nous sommes passés au cap supérieur. Message d'Amine pour informer tout le monde que Maxime a été contacté par plusieurs journalistes. C'est lui l'administrateur de notre groupe. La presse débarque. Des cris de joie se répondent d'arbre en arbre, je reconnais les youyous de Fatou, j'entends une sonnerie de trompette. Mehdi est le seul à avoir emporté un instrument de musique. Nous ne pouvons pas nous voir, mais nous pouvons nous entendre, veiller les uns sur les autres.

Je me retourne vers Klara.

Tu te sens comment ?

Elle a l'air surprise par ma question.

Parfaitement bien, elle répond. *Zen, reposée et heureuse.*

Elle empoigne l'une des cordes de sûreté que nous avons nouées un peu partout et se hisse au-dessus de ma tête, à califourchon sur une branche.

J'écoute mon cœur, il bat un peu trop vite. J'ai toujours été trop nerveux. Je ne sais pas m'en empêcher, c'est en moi, une inquiétude dont je peine à me débarrasser. *Thomas !* Klara m'appelle, je monte la rejoindre, elle me montre le tronc, trois trous sur l'écorce de l'arbre que je n'avais pas remarqués, assez grands pour que je puisse y loger le poing. Je repense à l'oiseau qui m'a engueulé quand je me suis réveillé. C'était à ça qu'il était occupé. C'est la première fois que je surprends un pivert.

Message privé sur le groupe. Des journalistes seront là dans trente minutes, avant la police si tout va bien. Plus nous médiatiserons notre action, plus elle sera efficace.

Je me place contre Klara, une jambe de chaque côté de la branche, je me serre contre elle, les petits cheveux de sa nuque me chatouillent le nez. Elle a raison, tout va bien et nous sommes heureux.

Comment tu fais pour y croire encore ?

C'est par cette question que ça a commencé pour moi, enfin je pense. C'est compliqué, en réalité, de raconter comment j'ai décidé de me lancer dans l'occupation de ce petit bois. J'ai emporté de quoi écrire dans mon arbre ; noter mes idées est une habitude que j'ai prise à l'adolescence. Klara, elle, bouquine, allongée sur son duvet.

J'en reviens aux origines des *Phylloscopus*, je pense sincèrement que c'est en osant enfin poser une question à mon père, un soir, que j'ai décidé de prendre les choses en main.

Nous étions seuls tous les deux. Maman, ma sœur Julie et Klara devaient passer la soirée entre filles, elles avaient prévu un resto et un ciné. Depuis la rentrée, je ne vis plus chez mes parents. Lorsqu'ils avaient déménagé, juste avant la rénovation du quartier et la destruction de l'immeuble de mon enfance, j'avais obtenu un T1 avec Klara, un petit appartement près des facs, dans une résidence universitaire. Les logements sont rares au CROUS, de nombreux étudiants galèrent pour se loger, j'avais eu de la chance, ou bien c'était parce que l'on avait fait une demande à deux pour un logement commun. À croire qu'il n'y a pas beaucoup de couples chez les étudiants.

Ce soir-là, celui où tout a vrillé, j'ai accompagné Klara

jusqu'à l'appartement de mes parents, maman et Julie étaient déjà prêtes. Et papa n'était pas encore rentré. Comme d'habitude, j'ai envie d'ajouter. Il m'avait envoyé un SMS quelques jours avant. Puisque les filles sortent, on n'a qu'à se passer une soirée entre garçons. Je sentais qu'elles traînaient pour ne pas me laisser seul, je leur ai dit d'y aller, maman m'a proposé de venir, mais Julie a protesté. *Une soirée sans porteur de testostérone, c'est sacré*, elle a répondu. Il y a eu un petit flottement, puis elles sont parties. J'ai textoté un message à papa pour savoir à quelle heure il comptait rentrer. Aucune réponse.

Resté seul, j'ai zappé plusieurs émissions débiles sur la télé en attendant que papa arrive. Je me retenais d'ouvrir le frigo, j'avais encore l'espoir que papa déboule vite et qu'il ait prévu de me faire une surprise en m'emmenant dîner dehors. Si je commençais à grignoter, je n'aurais plus d'appétit.

Une fois que l'on quitte le domicile de ses parents, on réalise à quel point leur frigo est un coffre aux trésors. J'ai attendu, et plus le temps passait, plus l'espoir d'une surprise diminuait. C'était étrange d'être là, je ne parvenais pas à me souvenir de la dernière fois où je m'étais trouvé seul chez mes parents. Tout était étrange, en vérité ; voir les meubles familiers installés dans une autre pièce. J'étais si peu venu dans ce nouvel appartement, j'étais pris par mes études, par le quotidien avec Klara, par les amis. J'étais débordé, je le reconnais, j'oubliais de donner de mes nouvelles, je passais peu, j'avais ma vie à inventer, j'étais occupé par cette absolue nouveauté de m'endormir, me réveiller, manger, étudier et partager chaque jour avec une personne dont j'étais amoureux.

J'ai fini par éteindre la télévision, une chose qui ne me manquait pas dans mon appartement d'étudiant. J'attendais. Je savais que papa n'avait pas oublié notre rendez-vous – papa n'oublie rien –, tout comme je savais qu'il avait certainement une très bonne raison d'être en retard, il était sans doute retenu en mairie par une affaire importante qu'il devait régler de toute urgence. Deux années auparavant, il s'était présenté aux élections, la liste sur laquelle il figurait avait remporté la majorité, avec un minuscule pourcentage d'avance, il était désormais élu au conseil municipal. Autrefois, entre son travail et ses engagements, il était peu présent, maintenant c'était pire. D'aussi loin que je me souvienne, j'ai toujours connu papa débordé, il militait dans de nombreuses associations. Lorsqu'il a commencé à faire de la politique, il travaillait à plein temps, il courait, passait à la maison en coup de vent, mangeait debout dans la cuisine en nous expliquant qu'on avait besoin de lui pour la trésorerie du restaurant solidaire, pour aller accompagner un migrant à un rendez-vous chez un avocat, pour préparer les panneaux d'une manifestation, pour distribuer des flyers dans le quartier, pour donner un coup de main à servir des repas, pour assister à un comité de pilotage, un conseil d'administration, une assemblée générale, une réunion importante. Papa a toujours été un tourbillon. Et maman l'a toujours accepté. C'est leur histoire, j'imagine que cela fait partie de leur équilibre. Souvent, je me dis que les engagements de mon père font de lui une personne admirable. À d'autres moments, je réalise que je n'ai aucun souvenir d'avoir partagé des moments détendus avec lui ; on n'a jamais shooté dans un ballon ensemble, ni joué au Uno, au kilo de merde ou à n'importe quel jeu auquel un père et son fils sont censés jouer ensemble. Je m'en veux de penser ça. J'ai tellement d'amis dont le père s'est barré sans rien dire, ou se vautre devant la télévision en silence. Eux non plus n'ont pas joué avec leur père. Papa, au moins, était absent pour la bonne cause.

Il me semble.

Je n'en sais rien, en fait.

À 21 h 45, il est arrivé, s'excusant mille fois de son retard, m'embrassant, ouvrant dans le même geste la porte du frigo, saisissant une barquette de viande hachée, se souvenant – avant que j'aie à dire quoi que ce soit – que je ne mange pas de viande, attrapant une boîte d'œufs, *Une omelette ça te va ?*, et me tendant deux bières pour que je les serve sans faire trop de mousse.

Comme il m'a appris, j'ai pensé. Une chose que nous avons partagée à un moment.

Pendant qu'il battait les œufs en ajoutant une tonne de gruyère, il m'a raconté sa journée, c'est-à-dire ses combats, ses difficultés, ses luttes, ses victoires et ses défaites. Un élu, il expliquait, est constamment pris entre deux feux : d'un côté il y a la pression des gens qui ont voté pour lui, de l'autre les lourdeurs administratives. *Tu n'imagines pas à quel point la bureaucratie fait des ravages. Chaque jour, je me bats contre l'inertie, contre l'opposition, et contre les arrivistes et les carriéristes. Au moins, quand tu es face à un gars de l'extrême droite, tu sais que c'est ton ennemi, mais il faut aussi se battre contre ses prétendus amis, les types qui ont la même couleur politique que toi mais qui sont élus pour se servir en premier, qui ne pensent qu'à leur gueule.*

Papa parlait et je voyais bien qu'il ne pouvait plus s'arrêter. Ce qu'il me racontait, j'imagine qu'il l'avait dit mille fois à maman et qu'il n'osait plus s'épancher de peur de l'ennuyer. Il continuait en servant l'omelette, parlait et parlait encore, et ses paroles tout à la fois me touchaient et m'agaçaient. Je comprends ses déceptions, ses colères, mais j'avais juste envie qu'il me dise *Et toi ça va ?*, qu'il me demande *Tu t'en sors à la fac ?*, qu'il relève la tête pour me fixer enfin dans les yeux.

À côté de lui, tout ce que l'on fait comme tout ce que l'on vit paraît tellement insignifiant. Toute mon enfance, j'ai entendu mes amis rabâcher sur ma chance d'avoir un père comme lui. J'imagine qu'ils ont raison. Il vaut mieux avoir un père occupé à charger des moulins à vent qu'un père qui se fout de tout.

C'est ce soir-là qu'il m'a parlé de la vieille ferme, une longère et deux étables entourées de deux hectares de prairies, en bordure de la ville. Le fermier avait pris sa retraite il y a deux ans, et la mairie avait préempté les bâtiments et les terrains. Autrefois, il y a soixante ans, toute la ville n'était que champs, labours et pâturages. Nantes s'arrêtait net, alentour les banlieues n'existaient pas, c'était la campagne. Cette ferme représentait le dernier vestige de ruralité, papa s'était démené pour qu'un agriculteur la reprenne, il avait voulu que la mairie s'engage avec lui, mais ce soir-là il m'a appris qu'il avait perdu. Le maire avait tranché. Les terres agricoles allaient devenir une nouvelle zone commerciale. L'argument de la création d'emplois l'avait emporté sur l'argument écologique et patrimonial. *Même des élus écolos ont voté pour le supermarché*, a ajouté papa.

Le problème de mon père, ce sont ses convictions. Il s'est engagé dans la vie politique pour que les choses changent, il souhaite le bonheur de tous, la justice sociale, la parité, l'égalité. Il veut favoriser l'écologie, la culture, l'éducation.

Je me taisais, je l'écoutais parler en piquant de temps en temps des morceaux d'omelette trop cuite. Il me racontait ses idéaux et tout ce qui venait jour après jour freiner ses projets ou l'empêcher d'accomplir ce qu'il considérait comme légitime.

C'est à ce moment-là que j'ai posé la question à ne pas poser : *Comment tu fais pour y croire encore ? Comment tu fais pour croire encore qu'un parti politique peut aller contre la marche du monde ?* Et j'ai arrêté là parce que des questions comme celles-ci, j'en avais des dizaines en tête. J'aurais pu demander : Comment tu fais pour croire encore à la politique alors que l'écart entre les riches et les pauvres ne cesse de se creuser, alors que par cupidité des hommes tuent la planète, alors que l'espérance de vie est de cinq ans plus longue dans les quartiers riches que dans les banlieues, alors que les votes d'extrême droite s'intensifient à chaque élection, alors que les gens se sentent de moins en moins concernés par la politique traditionnelle, alors que tous les partis – y compris le tien – semblent déconnectés des réalités du monde, alors que glisser un bulletin dans une urne est une plaisanterie qui ne fait plus rire personne, alors que systématiquement il ne s'agit plus que de voter pour faire barrage à l'extrême droite, alors que le nombre de milliardaires augmente tandis que les profits des grandes entreprises s'envolent, alors que des millions de gens meurent de faim pendant que nous parlons, tranquillement, en mangeant une omelette immangeable.

Je n'ai rien dit de tout ça, mon père ne m'en a pas laissé le temps, il a immédiatement explosé. Je l'ai rarement vu se mettre en colère. Quand j'étais petit, à la maison, c'était maman qui criait et papa qui consolait. Là, pourtant, il est devenu rouge vif, *Tu ne vas pas t'y mettre toi aussi*, il a craché. *Tu préfères quoi ? Que je ne fasse rien ? Je laisse tomber et je me fous de ce qui se passe ?*

Il a jeté théâtralement ses couverts dans son assiette. *Si les gens comme moi abandonnent, c'est open bar pour le pire*, il a ajouté. J'ai hésité un quart de seconde à répondre. J'avais deux options : m'excuser ou jeter de l'huile sur le feu. J'ai toujours admiré mon père, je l'ai toujours considéré comme un héros engagé dans toutes les causes, dans tous les combats. Je sais qu'il s'est battu pour que la famille de Klara reste en France, à une époque où aucune solidarité ne liait la France et l'Ukraine. Je sais tout ce qu'il a accompli, mais je ne comprends plus sa confiance vis-à-vis du système en place : la gauche, la droite, le suffrage universel, les promesses trahies par les candidats le soir même de leur élection, sa confiance aveugle dans les institutions de la République. Alors j'ai jeté de l'huile sur le feu. C'est la toute première fois que j'osais lui dire ce que j'avais sur le cœur. *Ce n'est pas en bataillant six mois pour obtenir la création de cent mètres de piste cyclable que tu vas sauver le monde. Toutes ces heures que tu passes de réunion en réunion, ce sont des heures que tu n'as jamais passées avec moi, avec Julie, avec maman.*

Un silence glacial a accueilli mes paroles. J'aurais préféré que papa s'énerve, qu'il s'emporte, qu'il se défende. Au lieu de cela, il s'est levé, a vidé le fond de sa bière dans l'évier et il est parti dans le salon. Sans un mot. Sans un regard.

Je suis resté assis deux bonnes minutes, le cœur battant, avant de me lever à mon tour. Il avait laissé la porte entrouverte, je me suis approché. Il était sur le canapé, les deux pieds sur la table basse, l'ordinateur sur les genoux, il pianotait, le visage éclairé par la luminosité de l'écran, concentré, comme d'habitude.

C'est ce soir-là que j'ai décidé de ne plus subir et de lutter, moi aussi, contre tout ce qui oppresse. Mais de ne pas m'y prendre comme papa.

Un bruit me fait sursauter, quelque chose est passé en courant au pied du chêne, je repense à l'animal qui a fui ce matin lorsque je suis descendu marcher, je me penche, je ne vois rien. Klara à califourchon sur une branche a des écouteurs dans les oreilles, elle n'écoute pas les bruits du monde environnant. J'attends un instant, rien ne se produit, l'animal doit être loin. Je lève les yeux, le pivert n'est pas revenu. Nous avons beau lutter pour la préservation de leur habitat, notre présence chasse les animaux.

Je replonge dans mes pensées en attendant la presse. Pour chacun d'entre nous, il y a eu un point de départ, une impulsion, une blessure parfois, une colère, une lassitude, une rage. Dans les fonctions que nous nous sommes assignées, j'ai hérité de celle de scribe. Antoine aurait été parfait à ce rôle, c'est lui qui a refusé. Je sais qu'il écrit. Il poste sans cesse des poèmes et des pensées sur les réseaux sociaux. Antoine parle très peu, c'est comme si sa bouche était murée, les mots ont besoin de ses doigts pour sortir. J'ai repensé à la méfiance de Fatou, j'ai réalisé que je ne savais presque rien de lui. De nous tous, il est le plus secret. Durant le trajet entre Nantes et la Lorraine, il n'a quasiment pas ouvert la bouche.

Notre histoire, très vite, nous nous sommes dit qu'il fallait en garder trace. Klara a suggéré au groupe que je m'y colle. Je lui avais montré plusieurs textes. En fait, elle a presque lu tout ce que j'ai écrit, à part le journal que j'ai tenu l'année où j'étais en seconde, l'année où j'ai causé un accident. Ça, je l'ai gardé pour moi.

Notre groupe n'a pas de leader ni de meneur, nous avons tous un rôle, nous avons tous des compétences. Fabio, c'est l'escalade. Maxime fait des études de journalisme, il a été nommé community manager. Lola, qui est en école d'éducateurs spécialisés, est ultra-organisée, c'est elle qui a géré la logistique pour la journée de construction des nids, etc. Nous sommes un collectif, des individus différents, dissemblables parfois, en contradiction aussi, ce serait trop simple que l'on puisse nous enfermer dans une boîte, que l'on nous colle l'étiquette d'anti, que l'on pense que nous sommes seize fois la même personne. C'est pour cette raison qu'il m'a été demandé d'écrire nos histoires. Certains m'ont confié des souvenirs, alors je les raconte. Je pianote sur mon téléphone, les textes vont directement sur un cloud, c'est plus sûr qu'un cahier qui pourrait se perdre, être détruit, dont l'encre pourrait disparaître s'il restait sous la pluie. Les fourmis ne boufferont pas mon texte.

Nous sommes une cinquantaine à avoir accès au cloud, j'archive en temps réel et des amis archivent mes archives, il restera toujours des traces quelque part.

Nouveaux bruits en bas, des grattements confus, des feuilles froissées, rien que je sois capable de distinguer.

J'en reviens aux points de départ, pour moi c'est cette

conversation avec mon père, élu, qui rageait de n'avoir pas réussi à démocratiquement sauver un espace agricole. Yann m'a raconté comment il a commencé peu à peu à militer. Avec notre petit groupe de Nantais, il est l'un des rares à ne pas être originaire de la région, il vient de Normandie. Son point de départ, à lui, c'est le jour où un ami du lycée l'a invité à une réunion d'Extinction Rebellion, il a rencontré des militants, des gens porteurs de convictions dans lesquelles il s'est retrouvé. Il a entendu parler pour la première fois de désobéissance civile : on peut être hors-la-loi et accomplir des actions justes. Yan a progressivement intégré la section d'Extinction Rebellion, des petites choses d'abord : déchirer ou maculer de peinture des affiches de publicités destinées à promouvoir des produits ou des services de sociétés connues comme pollueuses, participer à des blocus, coller des stickers sur des distributeurs de billets de banque, boycotter des entreprises soutenant la Russie. Puis, un jour, il est passé à l'étape supérieure en participant à une action à Rouen : il s'est enchaîné au portail d'une usine, Lubrizol, qui avait partiellement brûlé en septembre 2019. L'usine est classée Seveso seuil haut, elle stocke des produits chimiques extrêmement nocifs. L'incendie avait fait la « une » des journaux, et la préfecture avait minimisé dans un premier temps les risques sanitaires. Depuis, l'usine est toujours là. Yann et une quinzaine de militants se sont attachés à son portail pour attirer l'attention de la presse. Ils ont été délogés avec violence. Lui s'en est plutôt bien tiré, quelques coups de matraque, un rappel à l'ordre, et il était libre. La préfecture a porté plainte, il n'a pas encore été convoqué, il attend. C'était la première fois qu'il s'exposait vraiment. Je ne sais pas trop ce que cela fait de voir arriver les CRS sur toi, de les regarder cisailler les cadenas et les chaînes qui t'attachent aux grilles, attendre les coups qui forcément viendront, être traîné au sol, jeté dans un fourgon, conduit en garde à vue, répondre à des questions, signer une déposition, rentrer chez soi couvert de bleus en attendant que la justice se mette en route, en attendant de savoir si la justice sera juste ou injuste.

Yann voulait faire une fac de lettres, Parcoursup lui a trouvé une place à Nantes, il ne connaissait personne, il a immédiatement noué des contacts avec certaines associations, il a également pris ses distances avec Extinction Rebellion à la suite de plusieurs actions où ce sont les militants de la base qui reçoivent les coups tandis que les responsables du collectif restaient à l'abri. Ce qu'il cherchait dorénavant, c'étaient des groupes sans chefs, sans responsables. Le jour où il m'a raconté rapidement son histoire, il a ajouté une chose : *J'ai envie d'ajuster mes convictions et mes actes.* C'était sa conclusion. La phrase m'a marqué. Ajuster ses convictions et ses actes.

Tom aussi a milité au sein d'Extinction Rebellion, c'est un local, né à Longwy, il est apprenti en boulangerie à Metz, il se lève tôt, très tôt, il s'est fabriqué une clé pour ouvrir les sucettes publicitaires et les abribus, il suffit d'une clé Allen percée en son centre d'un petit trou. Sur son chemin, le matin, alors que le jour ne s'est pas encore levé, il enlève les affiches publicitaires. Il se contente d'ouvrir les supports, de retirer l'affiche et de la laisser à terre. Si jamais il se fait arrêter, il peut être accusé de vol s'il a pris l'affiche avec lui ou de vandalisme s'il l'a déchirée. En la laissant sur place, il ne risque rien. En revanche, c'est déjà arrivé qu'il doive fuir parce qu'une voiture stoppait et que quelqu'un l'insultait. Un matin, un type l'a coursé. Un homme d'une quarantaine d'années qui criait : *Voyou !* Tom l'a facilement semé. C'est extraordinaire que des gens soient prêts à appeler la police ou à se battre à cause d'une affiche pour un fast-food. Quand j'y pense, quand j'y pense vraiment, je veux dire, je n'arrive pas à comprendre. Certaines personnes aiment tellement voir les publicités pour les banques, les supermarchés ou les compagnies aériennes low cost ?

Tom a chatté avec Yann sur internet, c'est comme ça que l'on bâtit un collectif : individu par individu.

La police est arrivée avant la presse. On ne s'y attendait pas, ils ont été rapides, très rapides, si rapides que l'on s'est demandé s'ils n'avaient pas des doutes, s'ils n'avaient pas pressenti notre action, ce qui, après coup, me paraît peu plausible. Si la police nous surveillait, elle ne nous aurait pas laissés nous installer.

L'alerte, c'est Antoine qui la lance, il appelle tout le groupe, je décroche, je vois qu'il filme une scène. Klara vient poser sa tête sur mon épaule pour regarder l'écran. La vidéo est diffusée en direct sur les réseaux sociaux. On ne voit pas grand-chose : les feuilles cachent le sol, je ne comprends pas ce qu'il filme, puis un uniforme apparaît, très distinctement, la police est là, un deuxième uniforme se devine derrière le premier. Je monte le son du téléphone, j'entends un appel, *Il y a quelqu'un là-haut ?*, une troisième personne passe dans le champ de la caméra. L'image tangue un peu, Antoine bouge pour mieux voir et faire voir, un coup de vent fait bruisser les feuilles, le flic est maintenant parfaitement visible, Antoine zoome, le policier lève la tête, cherche à savoir si l'arbre est occupé, aperçoit sans doute quelque chose puisqu'il recule et disparaît de l'image. J'ai eu le temps de compter avec certitude deux silhouettes à ses côtés, ils sont au moins trois. Maintenant, il ordonne à Antoine de descendre. *Vous n'avez pas le droit d'être là*, dit-il, *vous violez une pro-*

priété privée. Et comme personne ne répond, il s'énerve. *Ne nous obligez pas à venir vous chercher, vous allez descendre, décrocher ces banderoles et me suivre.*

Antoine reste silencieux. Les trois policiers s'avancent pour mieux évaluer la situation. *Nous savons que vous êtes là, vous allez obéir et descendre tout de suite.* Le reste de la phrase est brouillé par un coup de vent qui fait craquer le micro du téléphone.

Je retiens mon souffle, Klara glisse une main dans mon dos. La vidéo est silencieuse, j'entends juste le vent qui sature le mauvais micro du téléphone.

N'ajoutez pas un refus d'obtempérer à votre cas, tente le policier.

Alors Antoine répond enfin, je l'entends dire qu'il filme la scène, qu'il la diffuse en direct sur les réseaux sociaux. Les flics reculent comme s'ils avaient été mordus par un chien, ils disparaissent de notre vue.

Dernier avertissement ! hurle celui qui parle depuis le début, *ne nous obligez pas à monter vous chercher.*

Un long silence.

Antoine ne prononce plus un mot.

Le policier n'ajoute rien.

Le vent, lui, continue d'agiter les feuilles.

La vidéo s'arrête.

J'avais quel âge ? 10 ans peut-être, j'étais encore à l'école primaire et ma sœur Julie en maternelle, deux policiers ont sonné à la porte de l'appartement, ils venaient chercher mon père. C'était un samedi midi, nous étions à table, je ne sais plus ce qui s'est passé exactement, mon père ne s'est pas levé de sa chaise, je crois bien, parce que c'est maman qui a ouvert la porte et a invité les policiers à entrer dans la cuisine pour venir arrêter papa sous nos yeux. Toute la scène paraissait surréaliste, comme un extrait d'un film que l'on voit au cinéma : je n'ai pas souvenir d'avoir vécu ce moment, j'en étais juste le spectateur. Les flics se sont excusés du dérangement, ils regardaient leurs pieds, ça je me le rappelle parfaitement, ils obéissaient aux ordres, ils devaient embarquer notre père, tout de suite, à table, devant ses enfants. Avec leurs uniformes, leurs rangers, leurs ceintures énormes où pendaient une matraque et un pistolet, ils paraissaient gigantesques. Monstrueux et déplacés. Leurs regards nous évitaient tandis que celui de Julie, noir comme la rage, les scrutait en silence. Si ma sœur de 6 ans avait eu une mitraillette, les flics auraient fini en charpie. J'ai oublié ce que l'on mangeait. Papa a terminé sa bouchée, il s'est levé, il a pris le temps de plier la serviette, il a dit un truc à maman du genre *je suis désolé, je te laisse la vaisselle*, et il a suivi les policiers sans un mot. L'air dans la cuisine ressemblait à de la gélatine. J'avais envie de pleurer, alors j'ai fixé Poids Plume qui fixait les flics. C'était elle qui aurait dû pleurer, c'était elle la plus petite, ses lèvres tremblaient de colère. Maman, elle, souriait avec lassitude comme je l'ai souvent vue faire. Papa a pris sa veste, il a vérifié que son portefeuille était bien dans la poche intérieure, il a dit *à ce soir* et il a suivi les deux policiers qui semblaient ravis de quitter les lieux.

Une fois la porte refermée, notre mère s'est assise, elle a soufflé entre ses dents, je crois qu'elle a prononcé un mot grossier et elle nous a expliqué : papa allait revenir, il n'avait rien fait de mal, elle était au courant de ce que la police lui reprochait. Hier soir, nous avait-elle raconté, avec des amis, ils avaient fait le tour du centre-ville avec des outils pour démonter des dispositifs anti-SDF qui venaient d'être installés par la mairie. J'écoutais en faisant de mon mieux pour que les larmes n'envahissent pas mes yeux. Ils avaient dévissé ou sectionné à la meuleuse des barres de fer et des piquets métalliques placés à des endroits où des personnes sans logement avaient l'habitude de dormir : sous un renfoncement, à l'abri d'un escalier, sur des bancs abrités. Cela leur avait pris quelques heures pour tout enlever et rendre ces lieux aux personnes qui en avaient besoin.

J'avais ravalé un sanglot, l'émotion s'éloignait, et j'avais demandé pourquoi la police était là, j'entendais l'histoire que racontait notre mère, mais je ne voyais pas le rapport avec les deux agents armés dans notre cuisine.

Si le déboulonnage était resté anonyme, cela n'aurait servi à rien, avait expliqué maman. *La mairie aurait parlé de vandalisme, et les dispositifs auraient vite été remplacés. Ce matin, votre père et ses amis ont envoyé un communiqué de presse pour revendiquer leur action.*

Et ils l'ont signé. Plusieurs associations importantes les soutiennent, ils les avaient prévenues avant, un avocat leur a offert ses services. Il faut que leur action soit médiatisée, que tout le monde en parle pour qu'elle serve à quelque chose.

Mon chagrin refluait, remplacé par la colère, sans doute la même colère qui faisait encore trembler les lèvres de ma petite sœur. D'emblée, elle avait choisi la bonne émotion.

J'ai oublié la suite, je ne sais plus ce que l'on a fait en attendant le retour de papa, je ne sais même pas si j'ai fini ou non mon assiette ce jour-là. Je sais juste que maman a été très présente, on a dû jouer à des jeux de société pour passer le temps. Papa est rentré en fin d'après-midi, il était libre, il n'y aurait pas de procès, la mairie hésitait à porter plainte. Il souriait, il n'a pas pris le temps de nous faire un câlin, il voulait nous montrer l'édition numérique du journal *Libération* qui parlait déjà de ce que les journalistes surnommaient *le commando de la dignité.*

Plus tard, papa nous a expliqué qu'il y avait d'un côté la justice et de l'autre ce qui était juste. La justice était l'ensemble des lois auxquelles les citoyens devaient obéir. Ce qui est juste est bien plus vaste, c'est une question de morale. Et, parfois, il arrive que la justice soit injuste. Une loi qui pénalise quelqu'un qui aiderait une personne sans papiers serait une loi injuste. Une loi condamnant quelqu'un qui fouille dans les poubelles pour se nourrir serait une loi injuste. Papa avait cité tellement d'exemples que ma tête tournait un peu. Je ne m'étais jamais posé les questions qu'il soulevait. Dans mon esprit d'enfant, la loi était la loi. J'avais demandé si toutes les lois étaient mauvaises. Papa avait laissé passer du temps avant de me répondre que non, que c'était bien plus compliqué, que les lois étaient l'inscription dans le droit d'idéologies, qu'il fallait des lois pour vivre en société, mais qu'il fallait aussi comprendre pourquoi telle loi avait été mise en place. En détruisant des bouts de métal, il commettait un délit mais il accomplissait une action juste. Sur le moment, je n'ai pas réalisé combien ce qu'il me disait était important, j'étais un peu perdu dans ses raisonnements, mais ses mots se sont imprimés profondément dans mon cerveau, j'y ai repensé des années plus tard. Non, la justice n'est pas forcément juste. Le policier qui criait à Antoine de descendre a pour lui la loi, mais c'est nous qui suivons le chemin le plus juste.

Mon téléphone et celui de Klara sonnent en même temps, Sarah passe un appel vidéo, la presse vient d'arriver. La police n'a pas encore fermé les routes, les trois agents sont peut-être là par hasard, ou simplement en avant-garde, pour jauger l'ampleur de ce qui se passe. Je respire enfin.

Je repense à une soirée, juste après notre arrivée à Aciange, nous avions commencé l'entraînement à l'escalade avec Fabio, nous avions passé la journée à récupérer des palettes pour les désosser et constituer un stock de planches. Une petite équipe était partie acheter des bières et des pizzas, quelques-uns d'entre nous gueulaient doucement contre cette malbouffe de supermarché, mais nous étions trop lessivés pour envisager de préparer un vrai repas. Charrier des palettes, les déclouer, raboter les planches trop rugueuses, j'avais les muscles en compote. Tout le matériel était stocké chez Lucas, en rase campagne, pas trop loin du site, dans une grange appartenant à son grand-père. Lucas, je l'ai déjà noté, est le seul d'entre nous à vivre à Aciange, il a été le premier à s'opposer au projet d'implantation de la plate-forme, c'est lui qui a créé le comité de lutte, qui a envoyé des messages sur des sites militants. Isolée du village par plusieurs champs et un petit bois, la grange est un endroit idéal et stratégique pour préparer notre action. Elle jouxte une maison minuscule, trois pièces en tout, elle est assez grande pour nous loger tous, et nous pouvons nous entraîner à l'escalade dans les bois alentour. Personne n'a l'idée de monter par là pour y jeter un œil. Son grand-père est à l'EHPAD, il n'a jamais connu sa grand-mère, morte avant sa naissance. Son père un jour a déclaré à sa mère qu'il avait besoin d'un peu de changement dans sa vie et il est parti vivre avec une collègue plus jeune de vingt ans. Sa mère accuse le choc comme elle peut, absente à elle-même, elle laisse glisser les choses entre ses doigts comme si la réalité était une poignée de sable. Tout file, tout coule, plus rien n'a d'importance. Autant dire qu'elle ne va pas se demander brusquement ce que son fils peut bien fabriquer nuit et jour dans la maison de son grand-père. Lucas nous avait lâché son histoire sans exprimer d'émotion particulière. Un temps, il avait suivi une formation pour devenir cuisinier, ça s'était mal passé : durant un stage, son patron s'amusait à l'humilier. C'était la tradition, disait-il : les apprentis sont traités comme de la merde. À l'école, on t'apprend à cuisiner et, quand arrive le premier stage, tu passes deux mois à faire la plonge sous les ordres d'un chef qui t'insulte et t'oblige à écouter ses blagues racistes et sexistes. Un soir, Lucas en avait eu assez. Il s'était rincé les mains, les avait essuyées et – en plein service – avait dit à son responsable de stage qu'il pouvait aller se faire foutre. Le type avait menacé de prévenir le lycée. Lucas n'y était jamais retourné. Il avait un BAFA en poche, bossait pour des centres de loisirs, encadrait des colonies durant les vacances, faisait des remplacements dans un accueil périscolaire. Cela lui suffisait. Il n'était jamais retourné de sa vie dans un restaurant. *Même si un jour je suis pété de thunes,* il disait, *je n'y mettrai pas un pied.*

Ce soir-là, la fatigue et la bière s'additionnaient aux alcools forts et à l'excitation de ce que nous nous préparions à faire. Je ne sais plus qui disait que nous étions des colibris. Nous n'avions pas encore trouvé notre nom de guerre, les *Phylloscopus*. À un moment, j'étais vautré dans l'herbe et j'écoutais Amine qui parlait. Il est drôle, Amine, genre beau gosse tiré à quatre épingles.

Étudiant en école de commerce, le type qui ne devrait pas être avec nous. Quand il se présente, un sourire flotte au coin de ses lèvres, il attend, parce que cent fois, mille fois, un million de fois, sans doute, on lui a demandé d'où il venait avec un prénom comme ça, et que chaque fois il a répondu qu'en effet Amine n'est pas un prénom français, il est né au Luxembourg, à Esch-sur-Alzette, très exactement. Et je crois qu'il adore la gêne que produit sa réponse. D'autant plus qu'il parle français avec un terrible accent luxembourgeois. Sa gueule d'Arabe, ses costumes nickel, son nom d'Arabe, les inflexions allemandes de ses paroles et sa nationalité luxembourgeoise clouent le bec de ses interlocuteurs. Une fois, je l'ai entendu dire qu'il n'avait pas à se justifier des chemins pris par ses parents, il est un étudiant européen. Point.

C'est en école de commerce qu'il s'est petit à petit rendu compte qu'il faisait fausse route. Et ce soir-là, il parlait à n'en plus finir, j'ai retenu quelques trucs avant que l'ivresse ne me brouille tout à fait la tête. La légende du colibri, c'est peut-être une connerie, Amine racontait un conte amérindien, j'ai oublié comment il le connaissait, je crois qu'il l'avait lu dans un bouquin : un grand incendie se déclare dans la plaine, les animaux s'enfuient, sauf un colibri qui prend un peu d'eau dans son bec, à peine une goutte, et part la jeter dans les flammes, puis revient puiser de l'eau pour foncer aussitôt droit vers le feu. Goutte à goutte, il cherche à éteindre l'incendie. Les autres animaux finissent par s'agacer de son attitude. *C'est de la folie !* crient-ils, *ça ne sert à rien, tu n'y arriveras jamais*. Le colibri les entend et leur répond que, même si le combat est perdu d'avance, il fait sa part.

Tout le monde commentait cette histoire, certains ricanaient, d'autres la trouvaient magnifique. Estéban gueulait que les colibris sont des cons : il vaut mieux tout carboniser pour reconstruire par la suite. Sarah lui a conseillé de la fermer, il ne comprenait rien à rien ; à ses yeux, les colibris étaient une métaphore du combat : un seul colibri dans son coin est impuissant, mais des milliers de colibris inquiéteront ceux qui détiennent le pouvoir. Selon elle, aucune révolution n'est à attendre, les gens sont globalement résignés à subir le capitalisme ; les combats à mener sont des microcombats, locaux, épars, portés par des individus ou des petits groupes. La police, les milliardaires et les gouvernements savent se défendre contre une menace clairement identifiée, mais pas contre de minuscules initiatives réparties un peu partout, initiées par des gens isolés.

Tom applaudissait, c'est ce qu'il faisait au sein d'Extinction Rebellion, Yann l'approuvait. Mehdi à un moment a pompeusement déclaré que nous étions des ennemis du capitalisme. Fabio, qui nous enjambait à cet instant (nous étions de plus en plus vautrés dans l'herbe), l'a foudroyé du regard : *On ne décide pas que l'on est l'ennemi, c'est celui qui détient le pouvoir qui détermine qui il doit combattre*, il a répondu. Ce mot, *ennemi*, l'agaçait. *Nous ne menons pas une guerre, nous agissons là où nous trouvons qu'il est juste d'agir. Notre action est un symbole.*

Estéban tentait de couvrir ses paroles en soufflant dans le creux de son bras pour imiter le bruit d'un pet, Manon lui a demandé d'arrêter d'être lourd.

C'est le genre de discussion que nous pouvions avoir des nuits entières ; cela me rappelait forcément les discussions d'avant, à Nantes, à une différence près, une énorme différence qui changeait tout ; nous étions d'accord sur un constat : qui ne fait rien est complice. Et, pour le reste, nous pouvions nous engueuler toute la nuit sur des points de détail, sur le vocabulaire, sur la définition de nos actes.

Pour calmer le jeu, Sarah raconte qu'elle a vu un documentaire animalier sur les colibris ; leur cœur au repos bat 600 fois par minute. Lorsque l'oiseau s'agite, son rythme cardiaque double, le cœur bat si vite que certains Indiens vivant au Brésil croient que chaque individu vit deux vies simultanément.

Quand ça part en vrille, je préfère toujours me taire. Je pense que, si nous perdons trop de temps à nous affronter entre amis, nous finirons par ne plus avoir l'énergie de combattre les véritables adversaires. Je réfléchissais aux colibris, c'est une belle légende, sans aucun doute, et en même temps c'est une légende pour les faibles, pour ceux qui mettent leurs bouteilles en plastique dans le sac jaune en pensant que cela va sauver le monde. Je me méfie toujours des belles histoires, elles cachent souvent une arnaque. Les petites gouttes d'eau qui lavent la conscience sans éteindre le feu m'agacent. Et pourtant, dans le fond, je suis profondément d'accord. Je ne sais pas si ce que nous faisons est une ridicule petite action ou une partie de quelque chose de plus vaste. On s'invente des légendes pour se rassurer, pour se donner des raisons qui semblent plus grandes que nous. Sûrs et certains que, le jour où il y aura un incendie dans la plaine, les colibris voleront direct à l'opposé des flammes. Et que, si le vent est contre eux, ils crameront.

Les correspondants de presse des deux quotidiens régionaux ont vu de loin nos draps peints, ils sont passés d'arbre en arbre pour recueillir nos revendications. Ils ont pris des photos. Ils ont aussi téléphoné à quelques collègues pour leur annoncer que ce n'était pas un canular. Bientôt, les rédactions ont jugé bon d'envoyer des journalistes plutôt que des correspondants, plusieurs radios ont dépêché des reporters. Comme nous refusions de descendre, les entretiens ont été réalisés au téléphone. C'est Maxime qui parle pour nous, il est posé, tranquille, il est très doué pour répondre aux interviews. Il détaille nos motivations, explique que nous combattons pour plusieurs causes : l'écologie, en empêchant la construction d'un entrepôt démesuré qui obligerait dans un premier temps à sacrifier cette forêt et son écosystème, et qui aurait – dans un second temp – des conséquences désastreuses pour l'environnement. Il parle de sauvegarde de l'emploi, il condamne la fiscalité trouble d'une multinationale qui s'installe partout et semble ne payer d'impôts nulle part. Je l'écoute en live et je lui envie son élocution, sa capacité de synthèse et son calme. J'éprouve toujours de grandes difficultés à m'exprimer lorsque l'émotion me gagne. Je bafouille, je mange mes mots, je truffe mes phrases d'expressions comme « du coup » ou « alors ». Et puis j'ai tendance à vite m'emporter, je ne sais pas discuter calmement avec quelqu'un qui me contredit. Maxime est parfait dans le double rôle de porte-parole et de community manager. Plusieurs SMS m'informent que des curieux arrivent sur le site, des gens qui ne travaillent ni pour la presse ni pour la police, qui veulent voir ce qui est en train de se passer. Une question revient sans cesse, tout le monde cherche à savoir combien nous sommes. Maxime parvient à garder le flou.

J'ai l'impression que le petit bois devient l'éphémère centre de l'univers, j'entends des voix plus bas, des gens passent au pied de notre arbre sans lever le nez. Je reçois un message d'Estéban, une équipe d'une télévision locale filme son arbre.

Plus tard, je verrai la vidéo de ce que je considérerai comme le seul accroc à la journée. Pour faire le malin face aux caméras, Estéban saute de branche en branche, sans harnais ni protection, à une hauteur où la moindre chute serait fatale ; il gueule en imitant le cri de Tarzan. Estéban est incapable de ne pas devenir con si quelqu'un s'intéresse à lui, alors, pour passer à la télé, il peut faire n'importe quoi. Le dernier incident avec Estéban n'est pas vieux, il s'est déroulé deux jours avant notre installation, nous avions passé l'après-midi à répéter les gestes techniques, à nous entraîner, à grimper et à hisser des poids. Nous étions quasiment tous présents, nous nous exercions dans le bois derrière chez le grand-père de Lucas, il était important de répéter encore et encore les gestes que nous ferions pour installer des cabanes dans les arbres. Ce jour-là, nous avions tous suivi scrupuleusement les consignes données par Fabio, nous avions revu comment nous sécuriser, nous hisser sur une corde fixe avec des systèmes d'autobloquants, comment utiliser des poulies pour ensuite monter des charges en haut des arbres. Cela avait été une journée épuisante. Certains ont vite assimilé les rudiments de l'escalade, d'autres – comme moi – ont peiné plus longtemps. Nous étions tous unis dans un même effort jusqu'au moment où Estéban, qui n'arrivait pas à se hisser, avait enlevé son baudrier et était monté au sommet d'un arbre en partant d'une branche basse. Fabio l'avait engueulé : *si un seul de nous se blesse, nous perdons toute crédibilité*, répétait-il. Estéban rigolait, il donne toujours l'impression de se foutre de tout et surtout de nous. Je n'arrive pas à comprendre ce qui le motive. Pourquoi participe-t-il à notre action ? Fabio et lui s'étaient énervés un bon moment avant que la tension redescende.

Et le soir, une fois Estéban reparti, Fabio m'a dit que nous commettions une erreur de le prendre avec nous. *Il est ingérable.* J'ai réfléchi un moment. Nous n'avons pas de chef, ni Fabio ni personne ne peut exclure l'un d'entre nous. Nous nous sommes tous engagés librement dans la même action collective. Je ne me rappelle plus trop ce que j'ai répondu à Fabio, il n'a rien ajouté, se contentant de souffler entre ses dents. Il savait autant que moi que nous devions accepter chacun tel qu'il est. Plus tard, nous étions partis faire des courses, j'avais accompagné Fabio, il conduisait en gardant le silence. J'étais lessivé, sans doute lui aussi, mais je savais qu'il pensait à Estéban. À un moment, il a simplement dit *J'espère qu'il sera capable de se contrôler lorsque ça chauffera*. Manon, Sarah et Klara étaient avec nous, personne n'a demandé de qui il parlait, tellement cela semblait une évidence.

Je montre la vidéo à Klara, qui, à mon grand étonnement, éclate de rire. Tout dans mon visage doit désapprouver sa réaction, elle ravale vite sa joie. *Quoi ?* elle me demande. Je lui explique que nous ne sommes pas là pour faire les clowns. Si on se met en danger, la police aura un prétexte pour intervenir. Elle éclate de nouveau de rire, passe la main sur mon visage, *Qu'est-ce que tu es sérieux*, me dit-elle.

Je renonce à débattre ; ce mot-là, *sérieux*, je l'entends de plus en plus souvent dans la bouche de Klara, il me blesse chaque fois. Je suis sérieux, en effet, terriblement sérieux, je manque sans doute de fantaisie. J'aimerais être léger, prendre les choses à la déconnade, mais je n'y arrive pas, le monde est sérieux, ce qui m'oppresse chaque jour est sérieux, le réchauffement climatique, les violences policières, l'indécente fortune des milliardaires sont des choses sérieuses. Notre action est sérieuse. Nous avons gardé un groupe WhatsApp privé pour communiquer entre nous en cas d'urgence, un nouveau message s'ouvre : Fabio engueule Estéban. J'ai envie de montrer le message à Klara, je me retiens, elle le lira de toute façon à un moment ou à un autre. Sans en prendre la décision consciente, je m'éloigne, je m'assois à califourchon sur une branche, le dos contre le tronc, je continue de scroller les informations. Tout va très vite, il semblerait qu'en bas la police commence à installer des barrages pour éviter des manifestations spontanées ou l'afflux de militants. La presse garde un œil sur nous, c'est sans doute notre meilleure garantie contre une répression violente.

Quelque chose en bas détale. Je me demande s'il s'agit toujours du même animal, celui que j'ai effrayé ce matin. J'écoute le crissement des feuilles, le claquement des draps peints dans le vent ; à défaut de silence – la forêt n'est jamais silencieuse, partout ça vrombit, siffle, criaille, grince et souffle –, le calme revient.

Plus tard dans l'après-midi, un homme avec un mégaphone viendra nous ordonner de descendre, aucun de nous ne l'apercevra, on entendra juste sa voix amplifiée. Il nous expliquera quels articles du Code pénal nous enfreignons, il nous menacera à plusieurs reprises de donner l'ordre de nous déloger. La police nous enverra des messages privés sur notre groupe, menace sur menace que Maxime repostera en mode public, ce qui mettra fin à sa tentative d'intimidation. Notre force est dans la transparence : tout ce que nous faisons comme tout ce que les autorités vont tenter de faire est aussitôt accessible sur les réseaux sociaux.

Je mets mon téléphone en charge au milieu de l'après-midi, le capteur solaire a emmagasiné assez d'énergie ; sur WhatsApp, Fabio et Estéban continuent de s'engueuler, ça au moins on ne le rend pas public. J'en ai marre d'avoir les yeux rivés à mon écran. Je ne pense pas que la police décide d'intervenir dans l'immédiat. Tout à l'heure, la voix amplifiée nous a donné la journée pour réfléchir aux conséquences pénales de nos actions. Je m'approche de Klara, elle reste voûtée sur son téléphone, ne répond qu'à peine lorsque je lui parle. Je monte au-dessus de notre cabane, je regarde l'arbre, ses branches, l'incroyable densité de son feuillage. L'écorce sous ma main paraît chaude.

Je sais que c'est une illusion, l'arbre est à température ambiante. Je me suis un peu renseigné sur les chênes. Très peu de glands deviennent des arbres, une grande partie tombe au mauvais endroit ou est mangée par des animaux. Ceux qui parviennent à germer dans le sol sont souvent dévorés dès qu'ils commencent à croître, les pousses sont terriblement fragiles durant des années, il faut qu'elles arrivent à dépasser un bon mètre de hauteur pour espérer survivre et devenir des arbres. J'ignore quel âge a celui contre lequel je suis adossé. Deux cents ans ? Plus ? Il est grand, robuste, il semble éternel. J'ai appris que les glands comme les jeunes pousses produisent des acides pour se protéger des prédateurs et que, plus tard, les chênes communiquent entre eux par le sol. Si un chêne est attaqué, il va produire des molécules qui circuleront dans ses racines, puis dans le mycélium des champignons, pour prévenir les autres chênes. S'il est envahi par un parasite, par exemple, il laisse aux autres le temps de préparer leur défense. Mais que peuvent-ils contre une armée de bûcherons ? Contre des bulldozers et des tronçonneuses ? Leur système de communication leur servirait-il simplement à se transmettre les uns aux autres l'angoisse de se sentir coupé en morceaux ? Si le projet de plate-forme aboutit, tout ce que je vois depuis mon perchoir ne sera plus que tôle et béton.

La voix amplifiée s'est tue, je n'ai pas réellement saisi qui parlait. Un commissaire ? Les mégaphones étaient trop loin. Il n'y a plus de promeneurs en bas, la police a chassé les curieux, j'écoute le vent, j'écoute le chant des oiseaux que je regrette une nouvelle fois de ne pas savoir nommer, j'écoute les craquements du bois, je ferme les yeux un instant, j'ai emporté quelques livres avec moi mais je n'ai pas envie de lire, pas pour le moment ; la minute qui passe serait parfaite s'il ne manquait Klara à mes côtés, je ne sais pas ce qu'elle fait, trois mètres en dessous, dans notre cabane. Mon cœur s'emballe un peu, je referme les yeux, je respire, je lutte contre les anxiétés multiples qui m'envahissent dès que j'abaisse mes défenses. *Tout va bien se passer*, je me répète, sans trop savoir ce qu'englobe ce tout auquel je pense.

Et j'en reviens à cette fameuse soirée chez Lucas, celle où on se prenait la tête pour définir notre action. À un moment, j'ai repris une bière, j'étais en verve, l'alcool me rend bavard, j'ai discuté à n'en plus finir. Manon avait lu un bouquin dans lequel l'auteur appelait à fragmenter le monde. Selon lui, le capitalisme rêve d'une société uniforme. Un des moyens de résistance consiste à réinventer le local, à affirmer les dissemblances, à bâtir des expériences singulières, des territoires autonomes. De se battre contre un monde partout pareil, partout identique, fonctionnant partout avec les mêmes règles. J'écoutais, j'ai vite arrêté de tirer sur les taffes qui passaient à ma portée, c'est quand je me suis levé que j'ai réalisé combien ma tête tournait. J'ai cherché Klara, j'étais saoul, naze et – comme toujours dans ce cas – un peu pathétique. La nuit était tombée, la rosée avait trempé mes vêtements. Je me suis éloigné du groupe, j'ai marché comme un canard jusqu'à la grange, qui a une sorte d'étage auquel on accède par une échelle raide. Le soir de notre arrivée dans la région, nous avions monté là-haut nos duvets et des matelas de sol, depuis c'était notre dortoir, la maison attenante est trop petite, nous n'utilisons que sa cuisine et sa salle de bains. J'ai gravi l'échelle barreau après barreau, avec précaution, ma tête tournait encore, la fraîcheur du soir ne me dessaoulait pas, ce n'était pas le moment de me vautrer et de me casser un truc. Le dortoir était désert, Klara ne se trouvait nulle part.

Je l'ai alors cherchée avec le cœur qui tapait de plus en plus fort dans ma poitrine.

Je l'ai retrouvée dans la voiture de Fabio.

Avec Fabio.

J'ai deviné leurs silhouettes, il ne se passait rien, rien de grave ; d'ailleurs, plus tard, Klara m'a dit qu'elle se caillait, qu'elle avait cherché un coin pour se mettre au chaud. Ils discutaient. C'est tout. J'ai claqué en grand la portière d'un coup, comme un con, je voulais crier un truc menaçant, mais les mots se sont envolés au moment où j'ouvrais la bouche, le plafonnier de la voiture s'est allumé, l'un comme l'autre me regardaient en silence, j'étais certain de les avoir entendus rire avant que j'ouvre la portière. J'ai bafouillé quelque chose, j'ai oublié quoi. Klara m'a dit qu'elle me rejoindrait plus tard. Fabio n'a rien dit. La lumière de la voiture gommait une partie de son visage. Je me suis rendu compte que je devais avoir l'air grotesque, la portière à la main, une expression mi-paniquée, mi-colérique sur le visage. Et surtout, je me suis rendu compte que je n'avais rien à dire. Klara a le droit de discuter avec Fabio pendant que moi, allongé dans l'herbe, je bois jusqu'à oublier qu'elle est là. Je me suis littéralement vu lui dire de me suivre, je me suis vu prononcer des paroles de connard machiste. Heureusement, ma voix était trop basse pour qu'elle m'entende ; j'ai respiré, j'ai bredouillé que j'allais me coucher. J'ai refermé la portière avec l'envie de la claquer si fort que la vitre forcément volerait en éclats. Mais je l'ai refermée gentiment. Et je suis parti. Et j'ai laissé Klara avec Fabio. Et je suis remonté à l'étage de la grange en faisant de mon mieux pour ne pas me manger un barreau de l'échelle, et je me suis glissé tout habillé dans mon duvet en imaginant ce que Klara et Fabio pouvaient bien se raconter dans la voiture, au milieu de la nuit. Et je me suis endormi. C'est ça le pire : je me suis endormi.

Quand j'ai enfin fini de macérer dans mes souvenirs, je descends de trois mètres rejoindre Klara, elle me montre notre groupe *Phylloscopus*, nous avons dépassé les 200 000 abonnés. Son téléphone affiche 3 % de batterie, je lui fais remarquer qu'elle ferait mieux de le recharger avant la nuit. J'ai récupéré le mien, coupé les données mobiles, je reste joignable par SMS. Aucun message de mes parents, ils ne sont pas encore au courant. Je pense à autre chose, sinon je vais me laisser envahir par l'appréhension. Klara m'informe qu'elle a vu trois policiers en uniforme fureter au pied de notre arbre, ils s'assuraient qu'une cabane était bien accrochée dans les branches hautes. Elle me dit aussi qu'aucun flic ne s'est essayé à escalader les arbres. Maxime a posté sur notre page un message que nous avions préparé à l'avance, exhortant la police à ne pas nous déloger par la force. Une échauffourée à plus de dix mètres de hauteur serait un acte criminel.

Je la remercie pour ces précisions, je dois avoir l'air un peu distant ou préoccupé parce qu'elle plonge soudainement ses yeux dans les miens. Tout à coup, elle claque une bise sonore sur ma bouche et mes doutes s'effondrent. La joie de cet élan déchire net la torpeur pessimiste où mes pensées s'engluaient. Peut-être, après tout, que je surinterprète les moindres détails.

J'accorde trop d'importance aux mots, aux gestes, à la direction des regards.

Je suis trop sérieux.

Message de Lola à 17 heures, le journal *Le Monde* publie une brève sur nous dans sa version numérique. Je rallume les données mobiles de mon téléphone.

Amine partage un lien vers un site écologiste militant, Reporterre, qui décrit la situation et revient sur l'impact carbone désastreux qu'aurait l'implantation de la plate-forme de vente en ligne pour l'ensemble du département.

17 h 45, un autre site militant, Révolution permanente, indique que quatre compagnies de CRS sont déployées autour de la forêt. Je cherche sur internet, j'ai du mal à trouver des chiffres fiables ; sur un site, je lis qu'une compagnie est composée de 150 hommes, sur un autre, de 200 hommes. Peu importe, cela fait du monde.

17 h 46, un SMS de Poids Plume, ma petite sœur plus si petite que ça : Alors, la vie est belle dans ton arbre ? On vient de voir les infos. Papa et maman fidèles à eux-mêmes. Ils sont furieux et admiratifs. Fais attention à toi. Bisous. Suivi immédiatement d'un second : Pour une fois, tu m'as eue par surprise. Bravo. Suivi d'un texto de maman : Prends soin de toi. Suivi d'un appel de papa que j'écoute sur ma boîte vocale, je n'ai pas eu la force de décrocher. Il me reproche de ne pas l'avoir tenu au courant, puis il me félicite, puis il me donne le contact d'un ami avocat (comme si je n'avais pas pensé à me munir du numéro d'un avocat), puis il me dit qu'il va prévenir les médias (ce qui me fait sourire : à quinze mètres sous mes pieds, le site grouille littéralement de

journalistes), et enfin qu'il s'occupe d'organiser une manifestation de soutien.

17 h 52, Maxime nous informe que les routes menant à la forêt sont dorénavant bloquées, seule la presse peut passer. Il tient l'info d'un journaliste qui lui envoie des messages privés.

17 h 58, Manon nous écrit qu'une amie lui a signalé que BFMTV a évoqué notre action en nous qualifiant de zadistes radicaux. Malheureusement, je n'arrive pas à remonter jusqu'à la source de l'information.

18 h 00, en tendant l'oreille, j'entends sonner les cloches des villages voisins. Dès que l'on prend de la hauteur, les sons circulent mieux.

18 h 05, un message de la police nous informe que nous serons délogés demain matin. Bluff ou ultimatum ?

18 h 10, après que Maxime a reposté la sommation, les commentaires s'enflamment sur les réseaux sociaux.

18 h 15, nous dépassons les 500 000 abonnés.

Un oiseau chante au-dessus de ma tête sans que jamais je ne parvienne à l'apercevoir.

Et ça continue : des messages de soutien, des amis qui tentent de me joindre, des articles dans la presse où l'on nous qualifie de squatteurs, d'altermondialistes, d'activistes, d'agitateurs, d'amateurs, de jeunes gens prêts à tout, de groupuscule écolo-gauchiste, de militants écologistes désespérés, d'adolescents paumés sans histoire jusqu'alors, de zadistes (encore), de bataillon ultra-organisé, d'extrémistes, d'étudiants manipulés et – cerise sur le gâteau – d'écoterroristes.

18 h 20, mon père diffuse un communiqué de soutien au nom de la section locale du Parti socialiste dont il est membre

depuis toujours, cela lui vaut d'être immédiatement félicité par la moitié de ses amis et renié publiquement par l'autre. Il n'a pas pu s'empêcher d'intervenir, cela ne m'étonne pas. Dans les commentaires de ses posts sur Facebook, les gens s'engueulent presque autant que sur notre page publique.

18 h 30, Maxime partage une info qu'il tient d'une source fiable et anonyme selon laquelle la police aurait demandé à Facebook de fermer notre page. Il renvoie par précaution les internautes sur nos comptes Instagram (qui appartient à Facebook), YouTube, TikTok, Twitter, Tumblr, Quora, Discord, Reddit et où, automatiquement, chacun de nos messages est reposté. Maxime nous écrit en privé que, selon sa source (le même journaliste qui l'informe des mouvements de la police), Facebook risque de mettre des semaines avant de réagir. Juridiquement, nous n'enfreignons aucun des sacro-saints standards de la communauté. Des groupes néonazis possèdent des pages depuis des années sans être ennuyés. Tout au plus, Facebook s'arrangera pour que nos actualités disparaissent des fils afin de limiter notre audience, mais l'entreprise ne pourra pas empêcher les internautes d'aller directement voir sur notre page.

18 h 52, Maxime nous annonce qu'il passera ce soir en visio et en direct sur le journal de *France 3*. Et, comme il est sollicité pour des entretiens sur plusieurs radios nationales, il nous demande de l'aide.

18 h 52, Estéban se propose pour répondre aux interviews.

18 h 53, nous refusons son offre, puis nous nous engueulons tous pour savoir qui parlera au nom de notre groupe.

19 h 00, Klara propose un vote.

19 h 05, Lola est élue porte-parole suppléante. Estéban se déconnecte.

19 h 06, je me déconnecte également et recharge une nouvelle fois mon téléphone.

Nous devons rester en lien, c'est vital, mais à la longue le téléphone finit par m'aspirer tout entier. Je pourrais passer des heures à scroller, à regarder les commentaires sur nos pages, à m'agacer des messages postés par des trolls, à sourire en lisant les témoignages de solidarité, à parcourir les articles qui nous soutiennent ou dénoncent l'illégalité de notre action. Tout ce tumulte m'hypnotise, je pourrais tomber dedans comme Alice dans le terrier du Lapin blanc : une chute infinie, effrayante et agréable, anesthésiante. Je coupe les données mobiles, relève la tête et le vois : l'écureuil posté juste au-dessus de moi, à peut-être trois mètres, le corps tourné vers la fuite mais le regard planté dans le mien. Je souris, j'appelle Klara, le son de ma voix fait fuir l'animal, petite boule rousse inquiète et rapide. Quand elle détache les yeux de son écran, c'est trop tard, il a disparu.

Le soleil est une boule de feu qui n'en finit plus de dégringoler à l'ouest. Les feuilles du chêne s'enflamment, un vent frais se lève pour ne s'arrêter qu'une fois le soleil passé derrière la ligne d'horizon. Nous avons tenu notre première journée. Il est très improbable que la police mène un assaut de nuit contre nos positions. Quoi qu'il arrive par la suite, nous avons déjà gagné une partie de la bataille : ce petit bois situé en périphérie d'un village dont personne ne connaissait le nom est devenu l'éphémère point de convergence des regards. La société qui veut raser ces arbres et bétonner vingt hectares de sol est pointée du doigt dans tout le pays. Nous avons prévu un tour de garde, deux d'entre nous doivent tout le temps être éveillés pour prévenir les autres en cas d'alerte. J'ai mis un réveil à 5 heures. Nous finissons notre repas, je me rends compte que nous avons peu parlé, Klara et moi, aujourd'hui, emportés tous les deux par le tourbillon des événements. Longtemps, très longtemps, plusieurs minutes d'affilée, je cherche à croiser son regard ; elle est occupée à envoyer des messages sur son téléphone, elle remet en place une mèche derrière son oreille droite, elle gratte sa cuisse, elle lève les yeux quand le vent agite les feuilles au-dessus de nos têtes.

Quoi ? dit-elle quand elle finit par réaliser que je l'observe en silence, au bout d'une éternité.

Rien.
Tout.
Va.
Bien.

Plus tard, alors que nous sommes allongés, je sens des décharges nerveuses parcourir mes muscles. La tension, l'énervement, l'absence d'exercice physique, je suis une vraie pile électrique. Je ne vais pas parvenir à dormir. J'écoute la respiration de Klara, trop rapide, trop irrégulière pour qu'elle dorme. Ma main tente de parcourir un chemin vers sa hanche, Klara la repousse lentement, sans violence, sans un mot, avec fermeté. La nuit est tombée, Klara me tourne le dos, je me colle contre elle, mon corps serré contre son corps, ma peau contre sa peau. Klara ne bouge pas, pourtant elle ne dort pas. Quelque part, une chouette lance un cri, une bestiole que je n'identifie pas répond d'un trop bref hurlement aigu. La plainte devient un râle, s'étouffe et meurt. Un drame s'est joué. Je presse mon ventre contre le dos de Klara, elle a gardé une culotte et un t-shirt, mes cuisses épousent la courbe des siennes, je ne fais pas de mouvement, Klara attend. Je retente de glisser une main sur sa hanche, ses doigts saisissent les miens et les rejettent en arrière.

Non, dit-elle tout doucement, si bas que je ne suis pas certain d'avoir bien entendu.

Je range ma main et mes élans.

Je me sens coupé en deux, une partie de moi comprend bien, et une autre ne peut s'empêcher de s'inquiéter. Klara ne dit rien de plus, elle est libre, elle ne me doit rien. Je le sais. Je me le répète.

Chaque fois qu'elle me repousse, je n'arrive pas à chasser une peur diffuse, cela produit une impulsion électrique dans mon ventre, une inquiétude irréfléchie, profondément nichée dans un grand manque de confiance en moi : je redoute qu'elle se lasse de moi, qu'elle ne me désire plus, qu'elle s'éloigne, qu'elle me quitte.

Doucement, je respire. C'est la nuit, je devrais me contenter de la beauté de notre présence ici, dans cette forêt, c'est déjà immense, notre lutte commune contre tout ce qui contribue à rendre ce monde invivable. Les sons de la nuit diffèrent radicalement de ceux du jour : de partout ça grince, appelle, gratte, creuse, court, chasse, couine de peur ou de douleur, déguerpit, détale, parade. Et les branches craquent doucement, les feuilles bruissent. L'obscurité amplifie les sons, ce brouhaha devrait me rassurer : si jamais la police voulait s'approcher, des rongeurs et des rapaces nocturnes s'enfuiraient en produisant un boucan du tonnerre. J'écoute. Je me laisse magnétiser par la cacophonie feutrée de la nuit. Klara dort maintenant, son souffle régulier forme un bourdon sur lequel les autres sons se détachent. C'est la deuxième nuit, nous avons tenu bon, nous tiendrons.

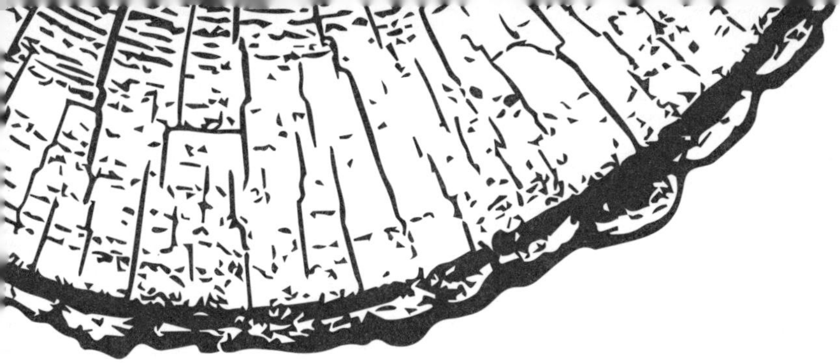

DEUXIÈME JOUR:
NOS DIFFÉRENCES

Le pivert est revenu, il profite de notre sommeil pour marteler le chêne. J'imagine que, lorsque nous sommes levés, cela fait un peu trop d'agitation pour lui. Je me demande ce qu'il pense en nous voyant là, accrochés à son arbre. La question, sans doute, est inutile : il ne nous pense pas, il nous voit, il réagit instinctivement à notre présence en évitant de s'approcher. Je demeure immobile un instant, j'écoute le souffle de Klara sans parvenir à savoir si elle dort ou si elle est réveillée, mon téléphone pulse doucement, je déconnecte en silence l'alarme, il est 5 heures, je dois prendre mon quart de garde, j'ai de très nombreux messages que je ne lis pas, je regarde juste sur notre groupe privé. Celles et ceux qui ont veillé à tour de rôle n'ont rien signalé. Les flics dorment. Je coupe mon téléphone, je veux profiter du calme relatif avant d'être rattrapé par le tumulte du dehors. Pivert s'en donne à cœur joie, le soleil n'est pas encore levé, mais une pâleur diffuse perce l'obscurité vers l'est, quelque chose court au-dessus de nos têtes, des griffes s'agrippent à l'écorce du chêne, et j'ai une terrible envie de pisser.

Je m'extrais du duvet le plus délicatement possible, il fait frais, je rampe à l'extérieur de notre cabane, réprime un cri de surprise : le monde a disparu, masqué par un brouillard épais. Je ne vois pas l'extrémité de la branche sur laquelle je me tiens. Lentement, je déplie mon dos, je suis en caleçon et t-shirt, j'ai la chair de poule, je ne distingue ni le sol ni les branches au-dessus de ma tête, il fait encore nuit et je suis suspendu dans une luminosité laiteuse, épaisse et humide. C'est à la fois très beau et un peu inquiétant. Quand j'étais enfant, j'adorais le brouillard, je m'étais inventé une petite histoire comme quoi le monde était fatigué de toujours apparaître, qu'il avait besoin de se reposer de temps en temps et que, pour cela, il avait inventé le brouillard. J'y repense ce matin alors que je soulage ma vessie dans le vide en espérant que personne n'aura la mauvaise idée de passer sous l'arbre. Aucun cri d'indignation ne monte jusqu'à moi, je souris en pensant que j'aurais pu uriner sur la tête d'un CRS. Je me demande si le Code pénal prévoit une peine précise dans ce cas. Sans doute. Le Code pénal semble avoir considéré tous les cas de figure. Avec prudence, je marche le long de la branche, j'ai besoin de dérouiller mes muscles. Pour la première fois, je réalise que le siège va être difficile à tenir, nous avons beau avoir prévu provisions, eau, vêtements et matériel, l'exercice physique va me manquer. Ce matin, je donnerais cher pour descendre et aller marcher une demi-heure dans les bois.

Je chasse mes pensées, fais craquer mes doigts. Quelque part, le pivert cesse de pilonner l'écorce, il pousse un petit cri d'indignation et je l'entends s'envoler. Je l'ai dérangé durant son repas.

J'attends, observant le vide, une heure passe, j'écoute les craquements et les frôlements en bas, je n'arrive pas à savoir ce qui se déplace au pied de l'arbre : un chevreuil ? un flic ? Je monte la garde pour rien, la nuit peu à peu disparaît, remplacée par la blancheur dépolie du brouillard, je finis par éternuer, une fois, deux, trois, dix. Je vais attraper la crève. Je jette un œil vers notre cabane, je ne veux pas déranger Klara mais j'ai trop froid pour attendre qu'elle se réveille, je rejoins notre lit et la trouve occupée à consulter les messages de la nuit sur son téléphone. *Sarah a posté un très beau texte*, me dit-elle alors qu'une nouvelle fois je cherche en vain à saisir son regard. Comme elle ne me propose pas de lire sur son téléphone, j'allume le mien, et le vacarme du monde se déverse enfin jusqu'à moi. De nouveaux articles, de nouveaux abonnés, des trolls qui nous insultent sur les réseaux, des SMS d'amis, des SMS de Poids Plume et de ma mère, un silence presque inquiétant de mon père, la moisson est chargée. En résumé, pour l'instant la police n'a pas encore essayé d'intervenir, la multinationale qui souhaitait s'implanter ici demeure injoignable et muette, mais le maire de la commune où se trouve le petit bois a porté plainte contre nous. Non rattaché à un parti politique traditionnel, banquier à la retraite, il ne veut pas renoncer à sa plate-forme. Il l'a appelée de ses vœux, il a bataillé contre l'opposition municipale en brandissant une promesse de création de 200 emplois localement (sans préciser que ces emplois seraient principalement des contrats d'usages journaliers et quelques CDD). Plusieurs liens renvoient à un entretien qu'il a donné à une chaîne de télé locale, je n'ai pas envie de l'écouter. Je cherche le récit posté par Sarah, le trouve.

SARAH

Manifester, souvenir.

Aussi loin que porte mon regard, la foule immense et quasi silencieuse occupe le moindre espace ; sur les trottoirs ou le bitume de l'avenue, les gens se sont dorénavant assis, la circulation est impossible, les pancartes et les banderoles qui tout à l'heure recouvraient les cortèges d'une canopée ondulante et bariolée sont à terre ; la foule si nombreuse occupe l'espace, masse compacte et déterminée d'une multitude soudée par la lutte. C'est une manifestation, une de plus, pas la dernière, mais celle-ci fait carton plein, sur les réseaux sociaux on parle de millions de personnes dans tout le pays, on se félicite déjà du succès et du calme sans lequel rien de probant ne pourrait se dérouler. L'équilibre est fragile, il suffirait que des vitrines explosent ou que des distributeurs de billets soient incendiés pour que la victoire se transforme en défaite. Assis, nous faisons bloc, nous opposons notre immobilité à un monde qui avance trop vite vers l'abîme, c'est la marche pacifique pour le climat : lycéens, étudiants, salariés profitent de ce qu'il soit de nouveau possible de se réunir dans les rues – les pandémies provisoirement tenues à distance – pour refuser le délabrement présenté par les pollueurs et les exploiteurs comme inexorable.

Un chant brise le silence, des mots d'ordre bondissent de bouche en bouche, c'est joyeux, il fait beau, l'hiver est fini, les mesures sanitaires interdisant les rassemblements n'ont plus lieu d'être, partout les gens ont envie de vie et d'espoir. Ma voix se mêle aux autres voix. Cette manifestation pour le climat est une fête, et – parmi les dizaines de milliers de participants au sit-in – Manon éclate de rire, elle a 18 ans, et un jour elle a emporté sa guitare sèche avec elle, elle n'a pas la conscience claire de ce que signifie le fait d'être majeur, c'est si neuf, elle n'a pas encore célébré son anniversaire, nous attendons demain soir, samedi, où nous rejoindrons des amis. Manon, c'est mon amoureuse. Nous nous sommes rencontrées au lycée, l'an dernier, en terminale, nous avons mis du temps à oser aller l'une vers l'autre.

Nos amis nous charriaient, tout le monde sauf nous semblait persuadé que nous étions faites l'une pour l'autre. Manon a les cheveux courts, elle chante des reprises de folk et de rock américain, sa voix est grave et depuis six mois nous sommes ensemble. Je l'écris et je tremble de joie en l'écrivant.

Retour à la manifestation : pour l'heure, elle s'apprête à chanter, elle est assise en bordure d'un cercle d'amis étudiants. Je l'écoute plaquer un accord sur les cordes de sa guitare, une main se pose sur mon épaule, je tourne la tête, je suis occupée à rire, ma bouche est encore ouverte, je ne comprends pas immédiatement ce que je vois : le gris-bleu, les chaussures montantes, les coques plastifiées, un CRS penché vers moi, la gueule d'un aérosol à dix centimètres de mon visage, puis la douleur, immense, immédiate : gazée à bout portant, je suffoque, ma peau brûle, j'ai fermé les yeux et la bouche trop tard, j'ai inspiré, je n'ai rien anticipé, je me tords de douleur au sol. Sur le moment, je suis certaine d'avoir pris feu, d'être en train de mourir, je cherche à respirer, n'y parviens pas, mon cerveau n'arrive plus à formuler une pensée consciente, je ne ressens que la peur, ou plutôt, les peurs : celle de m'étouffer, celle de brûler vive, celle de recevoir une autre dose de gaz, celle de mourir, là, sur le bitume, devant Manon, devant tous mes amis. Autour, c'est la cohue, mais je n'entends plus rien, je suis littéralement assourdie par la douleur, quelque chose en moi enregistre certainement que la fête est finie, la sérénité de la foule est devenue une cacophonie de cris, de détonations, de hurlements ; dans la panique, les gens se lèvent, se bousculent, se marchent dessus.

La grande faiblesse des manifestants, c'est leur incrédulité, ils perdent un temps précieux à réagir et à se mettre à l'abri lorsqu'il devient évident que la police ne fera pas de cadeau, que la violence dont ils sont d'habitude séparés par l'écran de la télévision va s'exercer contre eux, immédiatement.

Déchirée par la douleur, je rampe, je reçois des coups de pied, peut-être ceux d'un CRS, peut-être ceux d'une personne qui fuit, je hoquette, je cherche à respirer, je touche mon visage et le contact ravive la douleur, je ne parviens pas à rouvrir les yeux, je voudrais appeler Manon mais je n'ai plus d'air, plus de souffle, plus de force. Bientôt, je suis soulevée, je ne sais par qui, puis rejetée au sol. Sur une vidéo filmée par des manifestants, on voit deux flics m'attraper, remarquer mes brûlures et me balancer à terre. Je suis trop amochée pour être coffrée, si je suis conduite en garde à vue, il faudra me donner des soins, alors les flics se concentrent sur d'autres proies, de la chair valide à embarquer.

Dans un grand craquement, j'entends la guitare sèche de Manon exploser, c'est le seul son dont je garderai le souvenir : le bois éclatant sous les pieds.

Je me roule en boule, ne bouge plus, je serai prise en charge plus tard par des street medics, puis quelqu'un – je ne sais pas qui – me remettra entre les mains des pompiers. Urgences, soins pour les brûlures au second degré dont je souffre, mes parents iront me chercher le lendemain à l'hôpital. ITT de onze jours. Je vomirai plusieurs fois, craindrai de perdre la vue, garderai durant plusieurs semaines dans la gorge et le nez l'odeur âcre du gaz lacrymogène déposerai avec mon père une plainte dont je n'entendrai plus jamais parler, garderai un sifflement pulmonaire que mon médecin traitant qualifiera dans quelques semaines de trouble post-traumatique. Trois personnes perdront un œil ce jour-là en raison de tirs de LBD au visage, plus de huit cents manifestants finiront en garde à vue et pourront rentrer chez eux après un simple rappel à la loi. Je n'apparaîtrai dans aucune statistique, dans aucun bilan de cette manifestation pour le climat. Ce qui m'est arrivé n'a provoqué aucune mutilation, aucune trace visible. Plus tard, j'apprendrai que Manon a pu partir en courant, projetée en avant par le mouvement de la foule. Elle ne reverra jamais sa guitare.

C'est ce jour-là que la paisible lycéenne que j'étais jusqu'alors s'est radicalisée et a décidé de ne plus craindre la police.

Juste dessous, Manon a posté un extrait d'un livre d'un économiste nommé Paul Rocher.

Pour être pris au sérieux politiquement il faut faire acte de présence. Or, c'est précisément cette présence qui est menacée lorsque les manifestants se trouvent systématiquement exposés à la violence mutilante, voire mortelle de l'arsenal policier.

Et Estéban a rajouté un commentaire laconique : CRS = SS.

Dans le lointain, j'entends un appel plus ou moins bien joué à la trompette, une sonnerie militaire du style *soldat lève-toi*, Mehdi est réveillé. La journée va commencer.

En messages privés, un débat s'est engagé entre celles et ceux d'entre nous qui jugent ce texte nécessaire, et celles et ceux qui pensent que Sarah et Manon devraient le retirer, ce qu'il raconte n'ayant aucun lien avec les causes de notre lutte. J'hésite un instant, un tout petit instant, je voudrais en parler à Klara, mais, après avoir pris son petit-déjeuner, elle s'est retranchée sous la bâche pour faire sa toilette et se changer. Maxime et Mehdi jugent que de tels textes donnent une vision caricaturale de nos engagements. Je cherche mes mots, il serait plus facile de discuter que d'écrire. Le brouillard ne se lève toujours pas. Je respire à fond l'air humide du matin et me lance : après réflexion, je pense que ce genre de témoignage est utile. Tout est lié, la cause écologique, la gouvernance par la violence, l'ultralibéralisme, la consommation sans fin, la manière dont les pays riches verrouillent leurs frontières aux ressortissants des pays pauvres… je suis peut-être idiot, mais j'ai la certitude que toutes ces injustices sont des facettes du même problème. Bizarrement, alors que l'on se prend la tête à 7 h 30 du matin, Manon et Sarah ne répondent pas. Estéban s'est déconnecté à la suite de son commentaire. Fabio lit nos messages sans intervenir, j'espère qu'il s'exprimera, c'est le plus âgé d'entre nous, il a une sorte d'autorité naturelle. Nous n'avons pas de chef, mais j'ai bon espoir qu'il soit écouté.

Klara s'extrait à quatre pattes de notre abri, elle vient s'asseoir contre moi, demeure silencieuse en regardant fixement la brume blanchâtre. *Je peux te faire écouter quelque chose ?* me dit-elle et, sans attendre ma réponse, elle me passe son téléphone. Je reconnais la voix de son père, il demande à Klara si elle va bien. Il lui dit qu'il l'aime. Il lui dit aussi qu'un inspecteur l'a appelé pour lui parler d'elle, il voulait connaître le nom de ses amis, il voulait savoir si elle était politisée, si elle fréquentait des associations, des collectifs. Son père n'avait pas répondu. À la fin, avant de raccrocher, l'inspecteur avait ajouté que, dans leur situation d'étrangers vivant en France, ce serait dommage que leurs permis de séjour soient remis en question à cause des bêtises de leur fille. Puis, doucement, le père de Klara lui répète qu'il l'aime. Le volume de sa voix baisse un peu, enfin il ajoute que les hommes qui ont du pouvoir sont partout les mêmes. Et qu'il approuve l'action de sa fille.

Le message m'a flanqué une boule de glace dans le ventre. Je n'avais pas pensé que le statut de Klara et de sa famille puisse être un moyen de pression. Ses parents viennent d'Ukraine, de Crimée, ils ont fui avec Klara lors de l'annexion par la Russie en 2014, son père s'était battu contre les nationalistes russes, son oncle avait été tué, ils étaient en danger. Klara avait 11 ans quand elle est arrivée en France. J'en tremble de colère ; Klara, elle, n'a pas cessé de fixer le brouillard. Quand je trouve la force d'articuler une phrase pour dire que ce genre de menace est tout à fait illégale, que depuis que l'Ukraine tout entière est devenue une plaie aucun gouvernement européen n'osera renvoyer des réfugiés vers un pays meurtri par la guerre, elle me sourit tristement. *Ce que tu es naïf*, elle dit. Je passe mon bras autour de son épaule, je ne ressens aucune réaction dans son corps, puis elle semble se réveiller, elle m'embrasse et vient nicher sa tête dans mon cou. Je ne bouge plus, mon cœur bat trop vite. Klara, je ferais n'importe quoi pour la protéger. J'ai envie d'articuler cette phrase : *Je ferais n'importe quoi pour te protéger*, comme on déclare son amour, mais je me tais, je crains de paraître encore plus crétin, je crains qu'elle ne me juge encore plus naïf, j'ai peur pour elle, pour ses frères Jordan et Tony, pour son père, pour sa mère. Si un préfet décide de les renvoyer dans leur pays, mes belles promesses ne serviront à rien.

Pour la première fois, j'ai peur aussi de ce qui va se passer pour chacun d'entre nous. Les flics sont-ils en train d'éplucher nos vies pour trouver des failles, des endroits où faire pression ?

Quand la peur reflue, je sens la colère monter en moi, une colère lourde et puissante dont je ne sais que faire. Je suis perché dans un chêne, je n'ai personne contre qui me battre. Il faudrait écrire un texte sur cette menace. Sarah a raison de raconter son histoire. Je n'ai pas le temps d'ouvrir la bouche, Klara me dit qu'il est hors de question que l'on en parle à qui que ce soit. Il ne faut pas que sa situation particulière soit considérée par les autres comme une faiblesse. *Et puis, tu sais*, ajoute-t-elle, *nous n'avons aucune preuve de l'existence de ce coup de fil. La police niera.* Je me tais, rendu muet par une terrible colère que je garde en moi. Jusqu'à quand ?

Le brouillard se lève lentement, vers 9 heures du matin. D'abord la branche sur laquelle je suis assis apparaît entièrement, puis je distingue peu à peu le sol, le ciel se montre en dernier, il est 9 heures, le soleil brille. Au moment où je rejoins le forum privé, je vois qu'un nouveau texte a été posté. Par Antoine.

ANTOINE

C'est pour de vrai que la fin du monde arrive, pas vraiment la fin du monde, le monde, lui, il survivra, mais la fin d'un monde habitable et hospitalier pour l'humanité.

C'est pour de vrai qu'une extinction de masse est en train de se produire, que des îles du Pacifique sont progressivement englouties, que les températures s'élèvent peu à peu, que des incendies gigantesques se déclarent un peu partout, que l'instinct des oiseaux se détraque et qu'ils cessent de migrer comme ils l'ont toujours fait depuis des centaines de milliers d'années.

C'est pour de vrai, comme on disait enfant.

C'est pour de vrai qu'on ne change rien à nos modes de vie, on remplace juste des trucs très polluants par des trucs dont l'impact est moins évident. C'est pour de vrai, par exemple, que l'on se rassure en conduisant des voitures électriques dont la fabrication pollue autant que les voitures à essence, dont les batteries exigent des forages polluants à la recherche de métaux rares.

C'est pour de vrai que l'on trouve des solutions bancales qui apaisent nos consciences alors que, dans le fond, elles ne changent rien au problème.

C'est pour de vrai qu'un sixième des animaux est en train de crever par notre faute.

C'est pour de vrai que des dômes de chaleur dépassant les 50 °C apparaissent un peu partout dans le monde.

C'est pour de vrai, ce n'est pas une histoire inventée pour faire peur, pas un film à gros budget, pas une dystopie, pas une fiction d'anticipation, c'est là, c'est le monde dans lequel on vit, on respire, on grandit, et l'on se demande comment on fera pour être heureux.

C'est pour de vrai que des hommes tellement riches que leur fortune n'est plus estimable foulent le même sol que des centaines de millions de gens qui meurent de faim.

C'est pour de vrai que trois millions et demi de personnes meurent empoisonnées par l'eau chaque année, et que si l'on estime à 20 litres d'eau par jour le besoin moyen d'eau par personne, en incluant l'eau nécessaire à la cuisson des aliments, un Français en consomme 143 litres et un Américain du Nord 300 litres.

C'est pour de vrai que nous tentons de sauver une poignée d'arbres en évitant que soit construit un entrepôt démesuré.

C'est pour de vrai que nos actes paraissent dérisoires, mais qu'ils sont tout ce qui nous reste.

C'est pour de vrai que je préfère cent fois défendre cette forêt que de fermer les yeux, d'accepter, d'être complice.

Dans un message laconique, Maxime nous prévient qu'il

arrêtera d'être community manager de nos pages si tout le monde poste n'importe quoi en fonction de ses humeurs. Et aussitôt, Estéban réapparaît. Il poste une vidéo où on le voit marcher dans le brouillard, s'approcher d'un camion de CRS, lancer un œuf contre la vitre et repartir en courant. La scène est filmée en caméra subjective, je ne sais comment il s'y est pris, on dirait que son téléphone est fixé sur son crâne par un serre-tête. Même si les images sont tremblantes et floues, on voit nettement qu'il escalade son arbre sans s'encombrer d'aucune précaution. Il n'a ni baudrier ni corde, il saute d'une branche à l'autre. Aussitôt, les messages s'enflamment. J'essaie de l'appeler, il ne répond pas. Au bout de quelques minutes, il poste lui aussi un message sur notre page.

ESTÉBAN

Bla-bla bla-bla bla-bla bla-bla bla-bla bla-bla bla-bla blabla-bla bla-bla-bla-bla bla-bla bla-bla-bla-bla bla-bla-bla bla bla-bla bla-bla bla-bla-bla-bla bla-bla-bla-bla bla-bla-bla-bla bla-bla-bla bla-bla bla-bla bla-bla bla-bla bla-bla bla-bla-bla-bla bla-bla

bla-bla bla-bla bla-bla bla-bla bla-bla bla-bla bla-bla bla-bla bla-bla bla-bla bla-bla bla-bla-bla-bla bla-bla bla-bla bla-bla-bla-bla bla-bla-bla-bla bla-bla- bla-bla bla-bla bla-bla bla-bla bla-bla bla-bla bla-bla bla-bla bla-bla bla-bla bla-bla bla-bla-bla-bla bla-bla bla-bla bla-bla bla-bla bla-bla bla-bla bla-bla bla-bla bla-bla bla-bla bla-bla bla-bla bla-bla bla-bla bla-bla-bla.

321 fois bla, soit 160 fois bla-bla, et un bla qui se balade seul. J'ai le temps de compter et de me demander si le chiffre a une importance, puis je laisse tomber. Personne ne peut comprendre Estéban, pas même lui, je crois bien. Cette fois-ci, Maxime supprime vidéo et texte sans rien demander à personne. Estéban se déconnecte à nouveau. Fabio n'a toujours pas écrit un mot. Et l'unité de notre petit groupe est en train de voler en éclats. Je repose mon téléphone. Je n'ai pas pris le temps de lire en détail les messages qui me sont adressés, j'ai l'impression que tout m'échappe. Klara distante, notre groupe qui explose au matin du deuxième jour. Quoi d'autre ? Qu'est-ce qui va se passer maintenant ? Les CRS vont escalader les arbres et venir nous botter le cul ? Ça aurait dû être une résistance joyeuse, une fête, un symbole, notre action devrait nous lier, nous devrions avoir noué une complicité depuis le temps que nous préparons notre plan. Je ne sais pas ce que j'ai cru. Qu'une fois que nous aurions franchi le pas nous serions soudés, frères et sœurs ? Que nous serions comme l'on imagine les Indiens dans les westerns ? Chacun s'entaille la paume de la main et l'applique sur la coupure de celui ou celle qui va devenir frère ou sœur de sang ? Ça aurait dû être un moyen de nous rapprocher, de pactiser, de partager la force de nos résolutions. Et ce matin est triste, sans éclat, nos engueulades sont une chose douloureuse. Rien d'héroïque

ne nous lie, rien d'exaltant ne se produit, je ressens simplement une profonde tristesse ; une honte également s'est emparée de moi. J'ai imaginé livrer bataille pour sauver mon arbre, je n'aurais pas cru me sentir aussi mal.

Pour évoquer notre groupe, nous employions toujours le mot *amis*. Ce matin, j'avoue ne plus trop savoir ce que sont les amis, nos différences me sautent brusquement aux yeux : certains d'entre nous sont salariés, d'autres étudiants, nous ne nous connaissons qu'à peine. J'ai naïvement cru que notre projet nous réunirait, qu'il créerait une sorte de cohérence entre nous, une unité, une communauté. Ce matin, je ne vois que nos dissemblances. Alors que l'engueulade continue en messages privés, je me demande jusqu'à quand nous ferons illusion. Je repense aux articles écrits à notre sujet, nous sommes présentés comme un groupe uni, les journalistes nous fourrent tous dans le grand sac des anti, des opposants. En vérité, je ne sais même pas pourquoi chacun de nous s'est engagé.

Nous pensions, espérions, rêvions ensemble. Peut-être sommes-nous bien loin d'être aussi tannés et soudés que je l'ai cru.

Estéban est de plus en plus ingérable, je repense aux discussions à son sujet, à ses provocations permanentes, je n'arrive pas à le comprendre, je n'arrive pas à deviner ses pensées, je n'arrive pas à savoir à quoi il joue. Je n'arrive même pas à savoir s'il a tort ou raison. De nous tous, c'est lui qui attire le plus de commentaires, de cœurs et de pouces bleus sur les réseaux. Je respire un grand coup. Je suis sérieux, c'est vrai, tellement sérieux.

Klara s'est réfugiée sur une branche au-dessus de moi, je

me lève, marche un mètre, reviens sur mes pas, mes muscles ont besoin du sol, j'ai envie de courir. Une nouvelle fois, je fixe Klara, longtemps, très longtemps, avant que ses yeux rencontrent les miens. *Tu vas bien ?* je demande. Elle me répond qu'elle encaisse le message de son père, qu'elle a besoin d'être seule. Que ce qui se passe sur notre groupe privé l'agace. Oui, je suis bien d'accord avec elle. J'espère que Fabio va se réveiller. *Il réfléchit*, me dit-elle, *il a lui aussi besoin de réfléchir. Il t'a écrit ?* Je suis stupéfait. *Oui*, fait Klara, *il m'a écrit que certains se comportent comme des gosses, qu'il est déçu*. Et elle détourne le regard. Je ravale mes mots. Fabio demeure muet quand nous lui posons des questions, mais il écrit à Klara, juste à Klara.

Il faudrait que je coure. Je reste comme un abruti accroché à ma branche. À cet instant, mon téléphone sonne. Numéro masqué. Je décroche. Une voix inconnue se présente, c'est la police. Un inspecteur m'informe que j'enfreins plusieurs articles du Code pénal et que l'ordre va être donné aujourd'hui de nous déloger si nous n'acceptons pas de descendre par nous-mêmes. Je voudrais lui répondre, je cherche mes mots, mon esprit est vide, c'est comme si j'étais spectateur de cette conversation, comme si je n'avais aucune autonomie. J'aimerais le vanner, le provoquer, lui dire où je me les mets, ses menaces. Mais je me tais. Juste avant qu'il raccroche (même ça, je l'ai foiré, j'aurais pu lui raccrocher au nez et pas attendre que ce soit lui qui le fasse), il me dit qu'il serait regrettable qu'un accident se produise durant l'assaut. Je parviens juste à bafouiller que j'enregistre notre conversation. *J'en doute*, dit-il, et il coupe, me laissant en plan, honteux à nouveau et débordant d'une colère inutile.

LUCAS

Le sentiment d'absurdité, il m'est tombé dessus quand j'ai acheté un livre, un manuel de lutte écologique, dans une FNAC. Quand je dis «tombé dessus», il ne faut pas croire à une métaphore, à une image, c'est ce qui s'est passé: je me suis pris une claque, violente, brusque, qui m'a presque coupé le souffle au moment de payer le bouquin; j'étais à la caisse, entouré de gens venus acheter un livre, comme moi, ou une enceinte connectée, un téléphone, un ordinateur, un coffret de DVD, c'était bientôt mon tour, mon regard passait d'un visage à un autre, d'une affiche à l'autre, je regardais ce qu'achetaient les clients, et j'ai réalisé que j'avais entre les mains un objet de consommation, fabriqué à la chaîne par une grosse maison d'édition, imprimé, transporté par camion jusqu'à ce magasin où un vendeur payé au SMIC avait jugé bon de le présenter à la verticale sur une table de nouveautés. Les auteurs avaient sans doute reçu une avance pour l'écrire, ils cotisaient pour leur Sécurité sociale, leur retraite... Toutes ces pensées sont venues me frapper dans un tourbillon confus et désordonné. J'ai été comme électrocuté sur place, là, dans la file d'attente. Je me suis vu comme si j'étais spectateur de mes actes: un type qui consomme, un type qui achète un truc, un truc vertueux, peut-être – je ne le saurai jamais parce que je l'ai reposé, le bouquin, et je suis sorti sous le regard méfiant du vigile. Il m'a suivi des yeux, j'avais attiré son attention par mon hésitation, puis mon bond hors du rang des consommateurs. D'un coup, ce n'était plus possible, c'était trop, je n'en pouvais plus de ce monde qui nous vendait la soumission ou la révolte au même prix et de la même façon. La grande force du commerce, c'est qu'il transforme tout – y compris sa critique – en objet de consommation.

Je me suis retrouvé dans la rue, j'étais un peu perdu, je ne savais plus où je me trouvais, entouré de gens vivant leur vie de gens, sur un trottoir où j'étais pourtant passé mille fois, tournant le dos à un magasin où j'avais si souvent trouvé des disques et des livres. Mon cœur tapait à toute vitesse, je ne savais plus que faire pour apaiser ses battements, pour immobiliser mes pensées, qu'elles arrêtent d'imiter un hamster dans une roue. Je crois qu'il aurait été sain que j'éclate de rire, que je me moque de moi-même. En réalité, je sentais les larmes piquer le coin de mes yeux, et la pensée qu'il serait ridicule de pleurer augmentait la force des picotements. J'ai marché, vite, en bousculant les passants, pour lutter contre le sortilège qui allait me faire chialer comme un gosse venant de comprendre que le Père Noël n'existe pas, que ce sont les parents qui déposent les cadeaux au pied du sapin et qu'il a été naïf de croire à l'existence d'un bonhomme rouge habitant le pôle Nord, et qu'il a été idiot de gober un mensonge aussi gros. Le Père Noël dissimulait une pub pour un soda trop sucré, la réalité se foutait bien de ma gueule, et moi, honteux, je comprenais que j'étais longtemps tombé dans le panneau.

Lucas vient de poster ce texte sur les réseaux sociaux. Aussitôt, Mehdi l'imite. Sur notre groupe privé, Maxime et Lola nous encouragent à écrire des témoignages similaires. Les likes explosent. Le texte de Sarah sur la manifestation et la guitare de

Manon a été partagé 25 000 fois. Nous approchons du million d'abonnés.

MEHDI

C'est le frère d'une amie qui m'a parlé de la Croix-Rouge. Dans ma tête, c'était un peu confus, je pensais que les gens qui y travaillent étaient tous des infirmiers ou des médecins. Je suis né à Metz. Depuis l'an dernier, je suis étudiant en région parisienne, dans le 91, comme on dit, l'Essonne, en école d'ingénieurs. Je ne connaissais personne quand j'ai débarqué, je paie à prix d'or une colocation avec deux types qui vivent enfermés dans leur chambre à faire des jeux en ligne. Des pros du joystick qui n'ont visiblement jamais manipulé une éponge ou une balayette à chiottes, vu l'état de l'appartement. Au début, j'ai cru que j'allais devenir fou : les cours, les confinements, les visios qui ramaient parce que mes deux colocs aspiraient toute la bande passante avec leurs jeux, les couvre-feux le week-end, les couvre-feux le soir après 18 heures. Alors, quand j'ai entendu parler de la Croix-Rouge, c'est d'abord à moi que j'ai pensé. Je me suis rendu à Évry, dans les locaux de l'unité locale, j'ai dit que je voulais donner un coup de main, et le mois suivant, une attestation en poche pour éviter de me prendre un PV par la police, je participais à ma première maraude. Le principe est simple : on part à deux ou trois, la nuit, dans un petit fourgon, on fait le tour des endroits où on sait que des gens vivent à la rue et on s'assure qu'ils vont bien. On a des couvertures, des vêtements propres, du café, de la soupe chaude. C'est tout. Si on tombe sur quelqu'un d'amoché, on appelle les pompiers. Écrit comme ça, ça paraît presque simple. Sauf… Sauf que certaines personnes qui sont à la rue n'ont pas très envie de nous voir, elles sont parfois violentes. Sauf que j'ai une tête d'Arabe et que je fais souvent équipe avec Mireille, une salariée de la Croix-Rouge qui conduit le véhicule, et que certaines personnes qui vivent à la rue n'ont pas envie d'être secourues par un Arabe. Ou une femme. Ou les deux en même temps (ou les trois, il y a un autre bénévole qui faisait équipe parfois avec nous, originaire du Mali, dont la couleur de peau dérangeait visiblement certains SDF). On peut tomber dans la rue pour mille raisons, on peut y être par la faute à pas de chance, par poisse, par dépression, par choix, à cause de pathologies mentales. On a beau être dans une merde terrible, on peut aussi être raciste, misogyne, violent. C'est un truc que j'ai vite compris : j'ai fait une à deux maraudes par semaine, nuit après nuit, j'ai croisé des gens admirables vivant dans des tentes déchirées sous un échangeur autoroutier, des personnes brisées et dignes, intelligentes et drôles. J'ai donné des couvertures et du café à de sales types me remerciant d'un crachat. Mireille, elle, était blindée. *Ne crois pas que les connards qui refusent de boire un café servi par un Arabe sont à la rue parce qu'ils ont été punis de leurs actes, et que ceux qui pleurent dans nos bras ont juste manqué de chance, disait-elle. Cette histoire d'avoir de la chance ou pas, d'être gentil ou méchant, c'est la façon la moins intéressante de voir les choses. Gentil, méchant, bien fait, pas de bol, tout ça ce sont des catégories qu'il faut te sortir de la tête. Nous avons un boulot, et nous faisons ce boulot. On ne laisse pas un gars se vider de son sang dans sa tente, on n'en laisse pas un autre mourir d'hypothermie quand ça gèle. C'est pour ça qu'on est là. Pas pour juger qui est sympa et qui est con.*

Je ne sais pas si Mireille se caparaçonne pour se protéger, je ne l'ai jamais su. La pandémie s'est arrêtée, je suis passé en deuxième année de mon école, j'ai quitté ma coloc, obtenu une chambre universitaire, et je continue les maraudes avec la Croix-Rouge. Je ne vais pas me mettre à raconter ce que je vois la nuit, avec qui je parle, ce que l'on m'a confié. Les histoires des gens appartiennent aux gens. Je vais juste raconter une chose : quand, dans mon école d'ingénieurs, certains ont su à quoi j'occupais mes nuits, les places autour de moi se sont libérées. Personne pour s'asseoir à ma table, personne pour déjeuner avec moi le midi. J'ai dû choper un autre étudiant dans un couloir et hausser un peu le ton pour comprendre. La gale. Voilà ce qui s'est passé. Une rumeur comme quoi certaines personnes à la rue sont porteuses de la gale et que je pourrais être contaminé, contagieux. Ça a fini par me convaincre que Mireille avait raison. À l'école, je fais mon boulot. Point. Les gens sympas, je les cherche ailleurs.

Le bourdonnement, au début, je n'y prends pas garde, il est lointain, je suis occupé à lire le texte posté par Mehdi, j'ai d'autres choses auxquelles penser, j'ai besoin de parler avec Klara, j'ai l'impression que notre beau projet s'éboule morceau par morceau. Que se serait-il passé ce matin si la police avait arrêté Estéban ? Nous sommes sur notre balcon, téléphones coupés, nous parlons depuis quelques minutes, j'ai peur d'être possessif ou intrusif, mais je n'en peux plus, je ravale constamment mes craintes. Depuis quelques semaines, je trouve que Klara s'éloigne de moi, elle est préoccupée, distante, distraite. Je ne sais pas combien de temps durent les élans du début, j'ignore si leur disparition est un passage obligé. Je suis nostalgique d'une époque où nous nous réveillions la nuit pour faire l'amour, des premiers mois où nous marchions en nous tenant la main, où l'un de nous ne passait pas à côté de l'autre sans l'embrasser, où nos regards se cherchaient sans cesse. Ce genre d'attitude est certainement intenable à la longue, nous vivons ensemble depuis la rentrée universitaire, cela fait à peine six mois, j'ai la trouille de l'usure. J'ai besoin de lui dire ce qui me comprime le cœur, j'hésite, cherche mes mots, je ne veux paraître ni accusateur ni défaitiste, je ne veux pas me délester d'un poids pour le charger sur ses épaules à elle, je veux savoir ce qui a changé, si je suis responsable de ce changement, si je peux faire quelque chose pour retrouver l'intensité de la joie.

J'ai à peine le temps d'articuler deux mots qu'un bourdonnement enfle, s'approche de nous, nous relevons la tête et nous le voyons : un drone avec une caméra qui se faufile entre les branches jusqu'à notre hauteur, une grosse machine grise, lourde, métallique. Militaire. *Pour votre sécurité, vous êtes filmés*, je pense. La police s'est décidée à nous observer de près, à évaluer la solidité de nos cabanes. Les flics n'ont pourtant pas besoin d'images pour nous identifier, la présence de nos téléphones portables suffit. Peut-être cherchent-ils à déterminer si nous sommes plus nombreux – certains d'entre nous pourraient ne pas avoir de téléphone ? Peut-être veulent-ils estimer nos provisions ? Évaluer la présence d'armes ? Savoir si nous avons fabriqué des bombes ?

Ou juste faire vriller nos nerfs ? L'engin vrombit comme si une ruche entière d'abeilles allait s'abattre sur nous, les branches touffues empêchent le drone de s'approcher trop près. Klara tend un doigt d'honneur à la caméra. Je l'imite. Nous restons une dizaine de secondes, nos majeurs levés, puis nous nous lassons, la machine disparaît, réapparaît, dresse l'inventaire de notre position, j'imagine les flics en train d'imprimer nos portraits pour les punaiser au mur.

On aurait dû prendre des lanceurs de paintball, me dit Klara. Je cherche à l'embrasser, mais elle détourne la tête. *Pas devant une caméra.*

Plus tard, dans la journée, alors que nous avons tiré la bâche par-dessus notre cabane – la météo qui prévoyait un temps radieux il y a deux jours annonce maintenant des risques d'averses pour les prochains jours –, Klara s'isole pour faire ses besoins, elle a laissé son téléphone sur la palette à côté de moi. Je regarde longtemps l'appareil. Il clignote à mesure qu'il reçoit des messages. J'ai un mauvais scénario d'un mauvais roman en tête, une chose pathétique et misérable, un truc qui rend honteux : profiter que l'autre s'éloigne pour espionner son historique et lire ses SMS. Quelque chose qui transforme l'estime de soi en merde puante. Je n'en suis pas encore là. J'espère bien ne jamais un jour en être là.

Le ciel s'incline lentement vers la nuit, l'accumulation des nuages filtre la lumière ; à part deux ou trois nouveaux ultimatums, la police nous laisse tranquille. Samedi, il y aura une grosse manifestation de soutien pour notre action dans plusieurs villes du pays et à proximité d'Aciange ; les flics ont d'autres chats à fouetter. Même les demandes d'interview aujourd'hui ont été plus rares. Nous sommes enracinés dans le paysage. Il ne reste plus qu'à jouer le bras de fer, à tenir le siège, à ne pas céder.

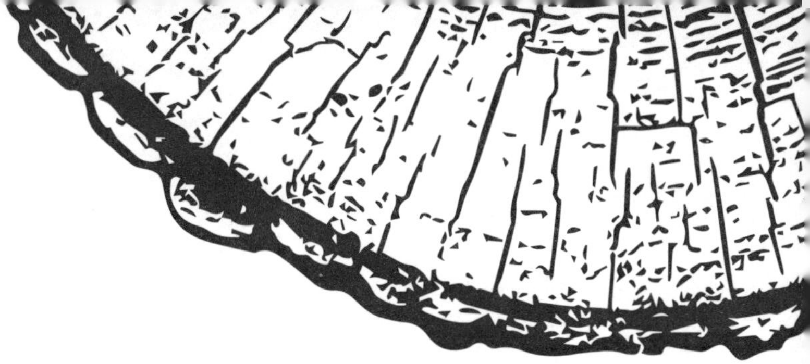

LES JOURS SUIVANTS: TENIR LE SIÈGE

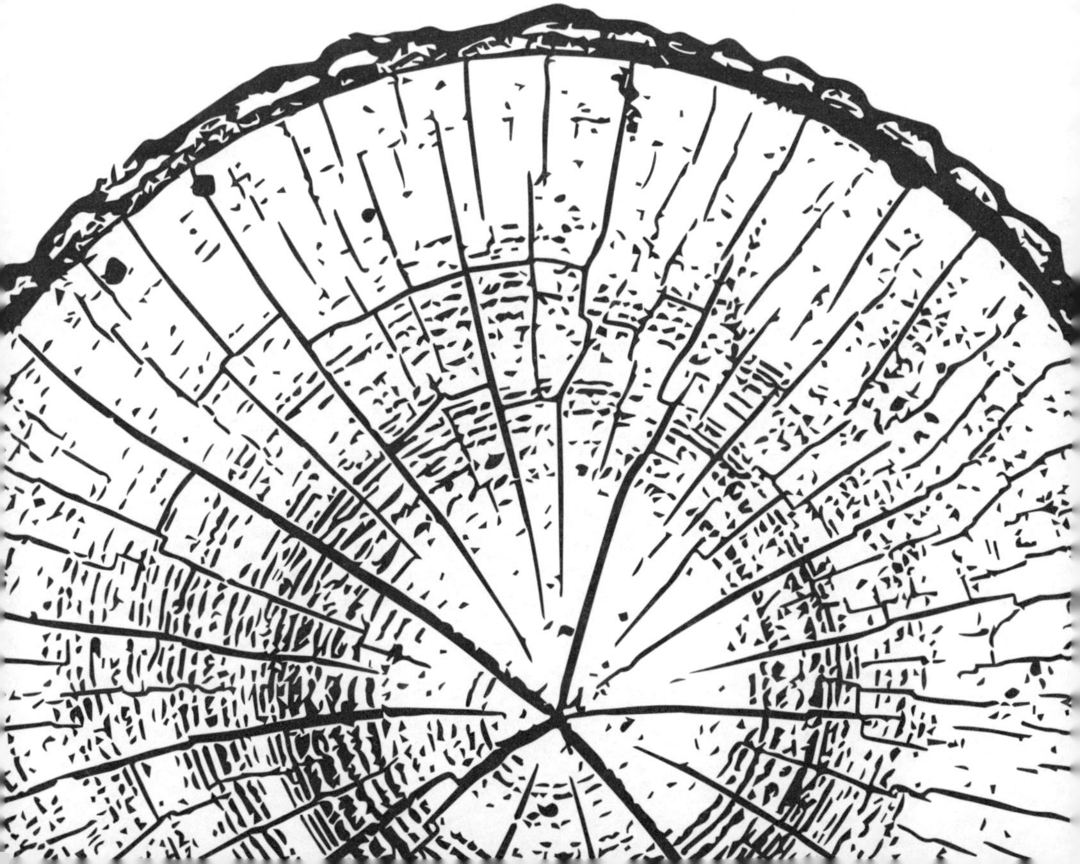

La pluie arrive pendant la nuit, j'ai mal dormi, je suis réveillé bien avant l'arrivée du jour. L'eau, sur la bâche, produit un vacarme irrégulier qui m'empêche de me rendormir. J'écoute. Des rapaces nocturnes poussent de petits cris, à peine perceptibles dans le brouhaha des gouttes. Nous nous étions demandé s'il était prudent de dormir sans prendre de tours de garde. Et puis nous avons laissé tomber. Donner l'assaut à quinze mètres du sol est trop risqué, surtout en pleine nuit. Nous ne braquons pas une banque, nous occupons quelques arbres.

J'écoute le souffle de Klara sans parvenir à deviner si elle dort ou non. Depuis le premier soir – qui me semble dater d'une éternité, c'était pourtant il y a deux jours –, nous n'avons plus fait l'amour. Je maintiens mes yeux fermés, résiste à la tentation d'allumer mon téléphone pour lire les réactions sur nos pages et chercher de nouveaux articles de presse. J'attends. Je tente d'identifier les sons : la grande dégoulinade sur le plastique, le plic-ploc de gouttes isolées, le bruit dans les branches. Malgré le duvet, l'humidité me glace les os. D'un coup, Klara se relève en poussant un juron, elle s'extrait du sac de couchage, je mets une poignée de secondes à comprendre ce qui se passe : on a mal tendu la bâche, la pluie s'est accumulée dans des poches de plus en plus lourdes et un coin vient de céder. C'est

Klara qui a tout pris, son duvet est trempé des pieds à la taille. Je me lève immédiatement, je refixe comme je peux le plastique, l'eau dégouline le long de mes bras, je me débats contre le vent, Klara éloigne les sacs, les oreillers et les matelas, la pluie semble provenir de partout, je suis douché en moins d'une minute, je crains que mon bricolage ne tienne pas, seule une éclaircie permettrait de mieux fixer la bâche. Je pousse par en dessous les creux où la pluie s'est accumulée, il faudrait enlever le plastique et tout refaire en nouant plus serré, ce sera impossible tant qu'il continuera à pleuvoir, on tremperait le peu d'affaires qui sont restées sèches.

Mouillé et grelottant, je n'ose prendre Klara dans mes bras, elle a roulé les tapis, déplacé nos vêtements, elle est en culotte et en débardeur, cheveux collés sur le front et les épaules. *J'ai mal géré*, je dis, *j'ai foiré quand j'ai installé la bâche, mets-toi au chaud dans mon duvet.* Et là, brusquement, Klara explose. Comme si elle aussi avait amoncelé un trop-plein : une poche de mots se déverse sur ma tête. Klara, la voix vibrante de colère, m'explique qu'elle n'en peut plus de mes préventions, de mes excuses, de mes justifications. Elle me rappelle que la bâche, nous l'avons fixée à deux, que la météo ne prévoyait pas de pluie cette semaine, que c'est son problème à elle si son sac de couchage est mouillé, que je n'ai pas à me sacrifier. Et elle continue, ses yeux brillent, les larmes arrivent, je l'étouffe, je suis gentil, tellement gentil, trop gentil, je veux tout le temps son bien, tout le temps son bonheur, tout le temps la sauver, la soutenir, la préserver, mais ce n'est pas ça qu'elle attend de moi, à force d'être aidée par moi elle ne sait plus où je suis, elle ne sait plus qui je suis, elle n'arrive plus à respirer.

Je ne bouge pas, les mots ont fondu dans mon crâne, je ne trouve rien à répondre, Klara pleure, sa voix tremble mais elle continue : ça a commencé quand on a pris un logement universitaire ensemble, je mange ce qui lui fait plaisir, on regarde le film ou la série qu'elle a envie de regarder, j'écoute la musique qu'elle a envie d'écouter, elle étouffe, je l'étouffe. Elle a tenté de m'en parler plusieurs fois, mais là, elle n'en peut plus. Je suis trop gentil, elle répète, appuyant sur le mot comme si elle voulait le casser en deux. *Trop gen-til.* Je l'écoute, le sang s'est retiré de mon corps, je ne sais pas où il est passé, je suis paralysé, incapable d'une réaction.

Je suis désolée, elle enchaîne, *j'ai l'impression d'être monstrueuse de te faire ce genre de reproche, il faut que tu comprennes, tu m'asphyxies, je voudrais… que tu me surprennes, que tu mettes à fond une musique que je déteste, que tu décides de cuisiner un truc que je n'aime pas, que l'on puisse se disputer comme tout le monde se dispute sans que tu t'excuses tout de suite.*

Et elle me plante un grand coup dans le cœur : *Tu t'effaces, tu deviens de plus en plus transparent de jour en jour. Même notre présence ici, je ne sais pas si tu y crois ou si tu le fais pour me faire plaisir.*

Klara est en larmes, il pleut encore et encore, le vent s'amuse à envoyer de grands paquets d'eau sur nos fringues, je grelotte comme un con, en caleçon, accroupi sur une palette fixée à douze mètres du sol. Si un drone nous filme, les flics doivent bien se marrer, je pense, les révolutionnaires règlent leurs problèmes de couple. Il faut que je réagisse, que je fasse quelque chose, j'ai l'impression d'avoir une roulette dans l'esprit, elle tourne à toute vitesse et je ne sais pas dans quelle case la bille va s'arrêter. Quand j'arrive enfin à parler, je dis la pire connerie possible : *Tu veux me quitter ?* En un dixième de seconde, Klara passe des larmes à la colère. Elle explose, je ne comprends rien à rien, elle se tourne, s'habille comme elle peut, roule son duvet et son tapis, les sangle sur son sac. Je la regarde faire sans bouger, je pense qu'il suffirait d'un geste de ma part pour tout arrêter, pour transformer cette catastrophe en autre chose, mais je me tais, je reste immobile, je me vois la prendre dans mes bras et mes bras demeurent inertes le long de mon torse, stupides, sans muscles, sans nerfs, sans volonté ; la seule parole qui me vient à l'esprit, c'est *Excuse-moi*, et je sais bien que ce serait jeter de l'huile sur le feu. *Où tu vas ?* C'est tout ce que j'arrive à dire. Klara s'immobilise un instant, elle prend son téléphone, envoie un message, continue à préparer ses affaires, s'équipe du baudrier. D'une voix blanche, sans aucune émotion, elle me répond enfin qu'elle n'abandonne pas. Elle a besoin d'air, elle va aller dans une autre cabane, elle est attendue, elle en avait parlé au cas où, elle avait anticipé que passer des jours et des jours dans un espace minuscule avec moi pourrait être trop difficile. J'encaisse. *Mais si les flics t'attrapent ?* je tente. C'est le matin, il pleut, les flics doivent dormir, elle attend un texto lui confirmant qu'une corde sera là à son arrivée au pied d'un autre arbre.

Et là, comme si je ne m'étais pas assez enfoncé, je dis la pire des choses à dire : *Fabio ?*

Une seconde, je crois que Klara va se jeter sur moi, me pousser, m'envoyer me fracasser au sol. Je vois la scène passer dans ses yeux, elle sait que je l'ai vue. Elle prend sur elle pour ravaler la violence, elle éclate de nouveau en sanglots, parvient juste à articuler que je suis vraiment con, qu'elle s'était trompée sur toute la ligne, qu'elle avait cru que j'étais un garçon tellement différent, qu'elle admirait ma sensibilité et mon intelligence, mais qu'elle s'est plantée, je suis un con. Son téléphone reçoit une notification à ce moment-là, Klara fixe ses yeux trempés dans mes yeux secs. *Fatou est d'accord pour m'accueillir. Je vais avoir besoin de ton aide, impossible de descendre en rappel seule avec mon sac. Peux-tu le faire glisser jusqu'au sol pendant que je descends ? L'arbre de Fatou est à moins de dix mètres du nôtre, elle va lancer deux cordes, une pour moi, une pour mes affaires, et elle les hissera pendant que je la rejoindrai.*

Fatou.

C'est à Fatou qu'elle écrivait.

Mécaniquement, je l'aide. Je n'ai plus aucune pensée, mon esprit est vide.

Fatou.

En insinuant qu'elle rejoignait Fabio, je me suis montré mesquin, jaloux, possessif, con, con, con et re-con.

Fatou.

Klara s'équipe et se laisse glisser au sol sans que j'aie trouvé le courage de faire un geste vers elle. Je fixe son sac à un mousqueton, je le pousse sur le bord de ce que nous appelions notre balcon. Je le descends en douceur. Klara est déjà à terre. Mon cœur bat à se rompre. J'assiste en direct à une catastrophe et je ne fais rien pour l'en empêcher. J'ai peur, une peur terrible de ce qui est en train de se passer, j'ai peur que la police n'intervienne, qu'un CRS ne porte la main sur Klara, je me prépare à sauter s'il le faut, à lui tomber sur le dos, quitte à me péter les deux jambes. En bas, Klara se libère de la corde, elle récupère le sac, le met sur ses épaules – toujours pas de flics en vue, seulement la pluie. D'un geste, elle me fait signe de remonter les cordes et elle file en courant, une branche la dissimule,

elle n'est plus là,

elle est partie,

Klara est partie.

Je remonte les cordes, bien sagement, je suis un gentil garçon qui fait ce qu'on lui demande de faire, je me sens merdeux, lamentable, j'écoute : pas de bruits, pas de cris. Mon imagination peuple la forêt de policiers qui la coursent, qui l'attrapent, qui la touchent, qui la frappent. J'ai envie de vomir et de hurler, de me gifler, de descendre à mon tour pour la supplier, pour la protéger, pourquoi ? M'excuser encore ?

Dix minutes plus tard, un SMS :

Avec Fatou, pas un flic à l'horizon, prends soin de toi.

J'hésite.

Je veux écrire Je t'aime.

J'envoie OK.

Les jours qui suivent s'écoulent dans un brouillard confus. Il pleut. Je pleure. Mehdi rythme nos journées par des solos plus ou moins réussis à la trompette. La police a renvoyé plusieurs ultimatums. Le maire de la commune multiplie les déclarations à la presse en nous traitant de délinquants. Un journal a publié un article sur Antoine en révélant qu'il est mineur – il aura 18 ans dans moins de deux mois – et en fouillant dans son passé pour exhumer une histoire à son sujet : il avait fugué lorsqu'il était au collège. Sur les réseaux sociaux, les déclarations de soutien et les menaces s'équilibrent. Notre page Facebook a été hackée, mais Maxime a pu en récupérer le contrôle. La pluie incessante met en danger nos communications, il est difficile de recharger les téléphones avec les capteurs solaires, ceux d'entre nous qui ont des chargeurs manuels à manivelle s'en tirent mieux. Klara ne m'écrit pas.

Klara ne m'écrit pas.

Klara

ne

m'écrit

pas.

Samedi, malgré la météo, des manifestations de soutien ont eu lieu dans plusieurs villes de France : à Nantes, organisée par papa, à Metz et à Nancy, situées pas trop loin d'Aciange, à Paris aussi. Un peu partout, les rangs sont restés clairsemés, il pleuvait trop pour attirer les foules, les gens sont usés par les deux années de crise sanitaire, par la présence de l'extrême droite aux dernières élections, par la guerre aux portes de l'Europe. J'ai lu sur les journaux en ligne que les manifestations ont dégénéré, des black blocks ont cassé des vitrines. Comme toujours. C'est pratique, les black blocks, cela permet d'entretenir l'idée que les jeunes comme nous sont des voyous. Cela permet de laisser penser qu'ils veulent tout casser. Sans sombrer dans la parano et imaginer que certains casseurs travaillent directement pour la police, je crois surtout que leur présence arrange bien les forces de l'ordre, elles ont un prétexte pour réprimer les manifestants. Et je ne veux pas non plus condamner leurs actes. Une vitrine cassée, un distributeur de billets tagués, c'est bien peu par rapport à la violence dont la société nous bombarde en permanence. Qu'une micro micro micro minorité ait envie d'en découdre ne devrait étonner personne. Qu'on se serve de la présence de cette micro micro micro minorité pour discréditer systématiquement toute lutte sociale devrait faire hurler de rire l'opinion publique. Le même mécanisme imbécile est partout à l'œuvre : le raciste prendra exemple sur un acte terroriste pour condamner tous les musulmans, certaines personnes regardent un casseur cagoulé et se disent que tous les jeunes sont des casseurs cagoulés. La généralisation tue les débats.

Dans mon sac, j'ai emporté quelques bouquins, dont un roman italien, un classique de la littérature, jamais lu, l'histoire d'un garçon qui monte dans un arbre pour voir le monde de loin et passer toute sa vie dans les branches, *Le Baron perché*, d'un auteur nommé Italo Calvino. Je le prends, l'ouvre au hasard, page 213, tombe sur ce dialogue :

– Pourquoi tu me fais souffrir ?

– Parce que je t'aime.

C'était lui à présent qui se mettait en colère.

– Non, tu ne m'aimes pas. Quand on aime, on veut le bonheur, pas la douleur.

– Quand on aime, on ne veut qu'une seule chose : l'amour, même au prix de la douleur.

Je referme le livre comme on claque une porte, j'ai les yeux embués à nouveau. Je me sens friable, en morceaux, je ne peux pas lire une histoire d'amour. Il y a toujours un bon moment pour se plonger dans un livre, celui-là attendra une autre occasion.

L'exaltation du début de notre lutte est retombée, nous sommes établis dans un quotidien, les jours avancent, cela fait deux, puis trois, puis quatre, puis cinq jours que nous vivons accrochés à des branches, la police ne chargera pas, elle attend que nous redescendions. La multinationale qui veut implanter une plate-forme à Aciange n'a toujours pas fait de déclaration. Les demandes d'entretien et les questions envoyées par des journalistes ne provoquent aucune réaction. J'imagine que les cadres français de l'entreprise ne souhaitent pas faire de vagues, ils patientent, ils préfèrent voir comment les choses vont tourner. Peut-être sont-ils déjà à la recherche d'un autre site ?

Mes jambes fourmillent. Le contact avec le sol me manque, marcher me manque.

Je suis prisonnier d'une routine : je dors dans l'humidité, je m'habille avec des fringues humides, je grignote de temps en temps, je pisse dans le vent, je balance mes crottes au sol, je fais quelques pompes et quelques abdos pour ne pas m'amollir, pour me fatiguer, pour espérer pouvoir dormir le soir et ne pas repasser éternellement dans ma tête tout ce qui a foiré avec Klara.

Fatou, je n'ai pas vu qu'elle s'était liée à Klara, assez pour échanger des confidences, assez pour que Klara considère Fatou comme une issue de secours si jamais ça partait en vrille entre elle et moi. Fatou, à vrai dire, je ne l'ai pas vraiment vue. Je ne sais pas pourquoi. Sans doute me suis-je arrêté aux apparences : une fille toujours nickel, baskets extra-blanches, survêt, crop top, impeccables tresses, impeccable maquillage, impeccable sourire, badge MON CORPS/MON CHOIX. Elle parle fort, rit, vanne, plonge ses yeux dans les tiens et attend que cela soit toi qui détournes le regard, émet des avis tranchés sur tout et n'importe quoi ; l'exubérance de Fatou contraste avec la discrétion de Klara. J'ai déjà expliqué qu'au début son hostilité envers Antoine m'a mis mal à l'aise. Fatou, dès qu'elle croise un garçon, me donne l'impression de vouloir tout à la fois le séduire et le combattre, comme si elle mettait d'emblée les choses au clair : c'est elle qui commande. Ce qui m'a tenu à distance d'elle, c'est que j'ai du mal à la cerner, je l'ai trouvée parfois très agressive envers moi, elle a peut-être raison, les garçons sont souvent des cons, moi y compris, je ne sais plus quoi penser, je suis paumé de toute façon, paumé.

Fatou, j'ai pourtant une histoire à raconter à son sujet, une histoire qui la cerne bien, je crois, qui montre à quel point son attitude n'est pas artificielle, à quel point elle agit en fonction de convictions. À quel point elle est forte. Lorsque nous sommes arrivés en Lorraine, le premier soir, dans sa vieille Clio défoncée, nous nous sommes rendus dans un supermarché. Nous avions rendez-vous dans la grange du grand-père de Lucas, ce serait notre QG, nous étions impatients de rencontrer celles et ceux avec qui nous étions en contact depuis des semaines, impatients aussi de commencer la formation à l'escalade, de serrer des mains, de claquer des bises, d'être enfin tous ensemble, réunis. En arrivant, nous nous sommes arrêtés dans un supermarché, pour acheter des provisions et ne pas débarquer les mains vides. Ça a été vite fait, nous avions les oreilles défoncées par le bruit du moteur et la musique de l'autoradio. Presque neuf heures de trajet, en contournant la région parisienne par le sud, en longeant Reims, avec une pause à Verdun pour nous dégourdir les jambes et manger un truc à l'ombre écrasante des monuments aux morts de la Première Guerre mondiale.

Dans les rayonnages du supermarché, nous avons empilé un peu au hasard des pizzas végétariennes, des chips, des bières, de la brioche pour le lendemain, deux pots de confiture. J'avais relayé Fatou au volant, j'étais un peu groggy, perdu dans mes pensées. À la caisse, je n'ai pas compris ce qui se passait. Un couple devant nous, avec deux garçons, jeunes, je leur aurais donné entre 5 et 8 ans, était en train de déposer ses achats sur le tapis roulant quand un téléphone a émis un bing, une notification de SMS. La femme a tout de suite dit que c'était son téléphone à elle, l'homme a exigé de voir, elle a cherché à esquiver, a répondu qu'elle lui montrerait plus tard, l'homme a haussé la voix, lui a ordonné de donner son téléphone tout de suite, il s'est mis à gueuler, il a levé la main, les garçons étaient partis plus loin, la caissière passait les articles au laser en regardant ailleurs. Avec la fatigue, je voyais sans voir, j'écoutais sans entendre. Fatou a bondi avant que je puisse faire un geste. Elle s'est plantée devant le type et a gueulé plus fort que lui. C'est son truc à Fatou, elle est plutôt du genre petit gabarit, mais elle a une voix qui porte. Elle s'est mise à copieusement insulter cet homme, dans le supermarché, à le traiter de criminel, à lui dire que s'il faisait quoi que ce soit elle porterait plainte. Le type a fait un pas en arrière, il pesait au moins trois fois le poids de Fatou et la dépassait d'une bonne tête. Visiblement, il ne comprenait pas d'où elle sortait : une Black, furieuse, agitant ses locks devant lui, lui gueulant de baisser d'un ton, lui disant que sa femme, elle reçoit des messages de qui elle veut quand elle veut.

Une seconde, il a vacillé, puis la colère est revenue. Je l'ai vu serrer les poings, alors je me suis approché, Antoine était déjà juste à côté de Fatou, Klara a sorti son téléphone pour filmer. Le temps s'est arrêté. La caissière tenait un paquet de chips dans sa main, elle ne bougeait plus, paralysée. Je ne sais pas ce qui aurait pu se passer, je crois bien que le type allait frapper Fatou malgré notre présence, puis sa femme s'est interposée, elle a tendu son téléphone. *Tiens*, elle a fait. Et à nous, elle a demandé de lui foutre la paix.

L'homme a grommelé une insulte inaudible, il s'est éloigné en scrollant l'écran du téléphone pendant que sa femme rangeait les courses dans le caddie, les mains tremblantes, payait, partait, sans nous adresser un regard, se contentant d'engueuler ses gamins parce qu'ils ne la suivaient pas.

Une fois sur le parking, Klara et Fatou ont parlé de ce qui venait de se produire. Cette femme allait peut-être subir la colère de son mari à cause de notre intervention. Fatou a éclaté d'un rire mauvais. Une logique de lâche, elle a répondu : *Ne rien faire, c'est cautionner, toujours.*

Elle a remercié Antoine de s'être approché pour la soutenir, j'ai eu un peu honte, une poignée de secondes, de n'avoir pas réagi, j'étais trop naze pour regarder autour de moi, j'ai voulu dire une chose mais je n'ai pas trouvé laquelle. Et le silence mutique de Fatou est venu mettre un point final à l'épisode.

Bienvenue en Lorraine.

Quand nous avons raconté l'épisode du supermarché à Lucas, il n'a pas paru étonné. Il nous a juste demandé si ce genre de chose était impensable à Nantes. Fatou a répondu pour nous. *Les connards sont partout.*

Nous venions d'arriver, nous avons fait connaissance, nous étions tous là, j'ai envie de refaire la liste de nos prénoms, juste pour le plaisir, c'était avant, nous avions l'impression d'être unis et invincibles : Lucas, Maxime, Manon, Sarah, Yoann, Mehdi, Tom, Killian, Lola, Amine, Estéban, bien sûr, et nous quatre : Klara, Fatou, Antoine et moi, Thomas. Il y avait d'autres personnes, celles qui ont par la suite donné un coup de main logistique. Nous avions le sentiment d'être une équipe, comme dans ces films à gros budget où des mercenaires s'associent pour faire sauter la banque ou sauver le village mexicain du racket des méchants desperados. Ce soir-là, l'ambiance était différente des soirs où je me mettais la tête en vrille avant de m'excuser le lendemain auprès de Klara. Les bières ont à peine été ouvertes, les joints ont peu tourné, nous étions réunis, nous allions agir, nous voulions en découdre. Un à un, nous avons pris la parole pour expliquer pourquoi nous étions là. J'ai raconté la soirée avec mon père, mon sentiment de détresse devant l'impuissance de l'action politique traditionnelle. Je me souviens que Killian a raconté une longue histoire. C'est un garçon très grand, très fin, presque maigre, aux longs cheveux noués par un élastique. Killian est étudiant aux Beaux-Arts d'Épinal, il nous a dit qu'il a eu un déclic l'an dernier, en cours de sciences économiques et sociales, au lycée, durant un exposé. Un petit groupe avait préparé un PowerPoint sur Jeff Bezos. Par trois ou quatre, les élèves devaient présenter une intervention de quinze minutes sur un sujet lié à l'économie. Au tableau, donc, trois élèves évoquaient Bezos avec des trémolos d'admiration dans la voix : l'homme le plus riche du monde. Ils décrivaient son parcours, la création d'Amazon, sa richesse. Admiratifs ils étaient, et sans recul.

Bezos était le plus riche, donc le meilleur.

On a tous sifflé quand Killian a prononcé cette phrase, il nous a fait signe de nous taire, on l'écoutait. Il a expliqué s'être retrouvé isolé, ils étaient une petite poignée à grogner, voire à rire : un rire mauvais, acide et négatif, un rire de refus. Parce que l'éloge de Bezos, ça ne passait pas. Amazon, ça restait coincé en travers de sa gorge. L'enseignant demeurait impassible, d'un geste vague ou d'un claquement de langue, il calmait ceux qui – comme Killian – avaient envie de huer.

À la fin, le prof s'est tourné vers la classe, il a proposé à celles et à ceux qui visiblement n'avaient pas apprécié l'exposé de prendre la parole. Dans le calme et le respect, a-t-il ajouté. Et c'est vite parti en vrille. Des arguments contre Bezos et Amazon, Killian en avait tellement qu'il lui était difficile de savoir par lesquels commencer. Il y avait tout à dire : une entreprise qui fraude le fisc des pays où elle est implantée, un système au bilan carbone épouvantable fondé sur le déplacement des marchandises, des stocks perpétuellement détruits plutôt que d'être soldés, la pression sur les fournisseurs pour qu'ils produisent toujours plus à des coûts toujours moindres, des conditions de travail proches de l'esclavage, le licenciement quasi systématique des salariés syndiqués, le fichage partout dans le monde des opposants à l'entreprise. Et l'indécence d'un patron qui gagne toutes les dix secondes le salaire annuel moyen de ses employés. Amazon est une machine de guerre, Bezos, un despote qui ne respecte aucune loi, qui casse autant qu'il peut le droit du travail, qui se contrefout de l'écologie, qui robotise pour rogner encore plus sur la main-d'œuvre. Partout dans le monde, un emploi chez Amazon met 4,5 personnes au chômage. Il a essayé de dire tout ça, et bien plus encore.

On a applaudi à son récit.

Ceux qui avaient présenté leur exposé se sont mis à hurler de colère. Pas touche à leur idole. Bezos est à leurs yeux le summum de la réussite : riche, célèbre, il a inventé un système et il a raflé la mise, éclatante preuve de son intelligence. Rien n'aurait pu les faire changer d'avis, comme rien ne pourrait modifier les convictions de Killian. Ce n'était plus un débat sur l'économie ou la politique, c'était un débat philosophique sur le sens de la vie. Dans la classe, il y avait une poignée d'élèves qui pensaient sincèrement que l'on avait le droit de marcher sur la gueule de n'importe qui pour devenir riche. Et une autre poignée – comme lui, comme moi, comme nous – qui pensait l'inverse : qui parlaient de respecter autrui, de respecter l'environnement, de partager au mieux les richesses, d'améliorer les conditions de vie plutôt que d'amasser des fortunes personnelles.

La grande majorité des autres élèves n'avaient pas d'opinion.

Ils s'en foutaient, ils s'agitaient juste parce qu'ils sentaient la tension monter et que le chaos est préférable à l'ennui.

Et alors ? Qu'est-ce qui s'est passé ? a demandé Manon.

Et alors, a répondu Killian, *le professeur m'a viré quand – à bout de patience – j'ai fini par crier à ceux qui admiraient Bezos que jamais ils n'auraient l'intelligence de devenir riches comme leur idole, qu'au mieux, ce qu'ils pourraient espérer, c'est d'être embauchés pour nettoyer les chiottes d'une plate-forme Amazon.*

Grands éclats de rire, applaudissements.

Killian n'avait pas fini, il voulait ajouter que, lorsqu'il a été viré de la classe, il a vu quelque chose comme de la colère ou de la tristesse briller dans les yeux de son professeur. Depuis le début de l'année, il n'était pas très compliqué de deviner les opinions politiques de l'enseignant. Il passait son temps à démontrer combien le capitalisme prédateur menace le monde et ses habitants. Subir un panégyrique sans recul critique sur Bezos, admiré comme l'on admire le meilleur buteur de la Coupe du monde, devait être douloureux pour ses oreilles.

Dans le couloir, Killian a réfléchi : en devenant vulgaire, il avait perdu cette bataille et avait déçu son prof en l'obligeant à le sanctionner. Quand il a compris ça, il a eu honte de son emportement. Il ne suffit pas d'avoir raison, il faut être capable de se maîtriser. Au bout de dix minutes, l'enseignant a rouvert la porte et l'a autorisé à revenir s'asseoir. Killian a évité son regard. *Ce jour-là*, dit-il pour conclure, *j'ai appris une chose fondamentale : quand on se laisse guider par la conviction que l'on défend la bonne cause, on perd. Pour gagner, il faut rester froid, maître de ses émotions, calme. Je me suis juré de m'en souvenir plus tard.*

Personne n'a ri ou sifflé. La leçon, on la méditait tous.

Il a plu cinq jours avant que le temps redevienne clément ; nous sommes perchés dans nos cabanes depuis une semaine – un anniversaire que nous fêtons en postant des messages de joie –, et la police est revenue en même temps que le soleil. Visiblement, les forces de l'ordre n'avaient pas imaginé nous voir tenir un siège aussi long. S'ils pensent nous affamer, il va leur falloir patienter encore un peu. À vrai dire, je ne sais pas trop à quel niveau sont les réserves des autres, nous échangeons entre nous des nouvelles du combat, des liens d'articles évoquant notre lutte, nous postons des selfies, des vidéos et des billets d'humeur, mais nous ne partageons aucune donnée vitale, il est fort possible que la police espionne nos communications privées, nous restons prudents. Je soupçonne Klara d'avoir emporté trop peu de nourriture, j'ai l'impression que mes réserves ne diminuent pas. À vrai dire, je me dépense presque pas, ça me gave de faire mes besoins dans un seau, aussi je mange peu.

Souvent, au petit matin, j'entends des bruits au bas du chêne, sans jamais parvenir à surprendre ce qui les provoque. L'écureuil a disparu, le pivert cogne plus haut, ma présence l'a forcé à s'éloigner un peu. Je regarde les arbres sans savoir en nommer la moitié. J'ai lu dans un magazine une étude menée par une association écologique américaine. Aux États-Unis, un enfant âgé de 4 à 10 ans peut nommer plus de mille marques en reconnaissant leur logo mais moins de dix arbres présents dans son environnement proche. J'y pense en écoutant les oiseaux ; à de rares exceptions près, je ne sais pas reconnaître les oiseaux à leur chant. Ne pas pouvoir mettre des mots sur un oiseau ou sur un arbre m'attriste ; lâché en pleine forêt, je serais incapable de distinguer un végétal qui se mange d'un végétal toxique. J'ai beau manifester pour le climat, me sentir concerné par la cause écologique, je suis un ignare face à la nature. Je manque de vocabulaire pour décrire ce qui m'entoure, pour qualifier les arbres et les insectes et les rongeurs et les rapaces. Je m'en tiens à des généralités, des mots tellement vastes qu'ils ne veulent presque rien dire : une mouette, un passereau, une mésange et un faucon méritent mieux qu'être désignés par le même mot.

Des messages inquiets circulent d'arbre en arbre. La police est partout, des uniformes vont et viennent, nous recevons à tour de rôle des SMS nous informant que la plaisanterie a assez duré, nous avons la matinée pour redescendre et nous rendre aux forces de l'ordre. À la longue, je les efface sans les lire. Plusieurs flics m'ont appelé aussi. Quand le numéro est inconnu, je ne décroche plus. J'écoute parfois les messages vocaux, ce n'est jamais la même voix, et ça me fait sourire. Dans une série ou au cinéma, quand un truc se passe, on voit toujours le même inspecteur s'occuper de l'affaire. Dans la vraie vie, les flics qui tentent de nous impressionner font leurs trente-cinq heures et partent en week-end ou en RTT, rentrent chez eux le soir en laissant le boulot là où il est. Nous ne sommes pas assez importants pour qu'une personne se charge spécialement de nous.

Les flics textotent leurs ultimatums en pensant à ce qu'ils vont manger le soir, en regardant le programme télé, en bâillant d'ennui. La police me préoccupe moins que la pluie, je n'ai plus un seul vêtement sec, mon duvet est humide, je n'ai pas de nouvelles directes de Klara depuis cinq jours, je dois me contenter des messages qu'elle poste pour notre groupe.

Avant de les envoyer, j'ai effacé un million de SMS colériques, suppliants, drôles, sincères, déplacés, idiots, désinvoltes, affreux, misérables, mendiants, catégoriques, subtils, très cons, attendrissants, bouleversants ou pathétiques. Et, dans ma tête, je lui parle sans cesse. Alors, les sommations de la police, très franchement, ne m'impressionnent pas.

Une nouvelle fois, je me demande jusqu'où ils oseront aller pour nous déloger. Iront-ils jusqu'à la violence pour libérer la place aux bûcherons ?

Une batterie de secours est en charge sur le capteur solaire, j'arrive à ne jamais perdre la connexion. Sur internet, je lis tout ce que je trouve au sujet des chênes, j'apprends qu'ils sont à la fois mâles et femelles, ils produisent autant de fleurs d'un sexe que de l'autre. J'apprends aussi qu'à la différence de nombreux autres arbres les chênes économisent leurs forces, leurs fleurs ne sont pas sucrées – fabriquer du sucre entraîne une grande dépense d'énergie pour une plante –, les abeilles ne sont pas attirées, seul le vent les féconde. Ils peuvent même se féconder tout seuls.

Je poste en mode public ce que j'apprends sur les arbres que nous protégeons. Un commentaire de Manon me fait sourire : Si seulement j'étais un chêne, écrit-elle.

J'espère toujours un SMS, un message privé, ou au moins un signe, un simple like, un ridicule pouce bleu, mais Klara ne réagit pas. Et plus le temps passe, plus je me paralyse ; un pivert dicte à grands coups de bec l'avancée des secondes quelque part au-dessus de ma tête, je ferme les yeux, je l'écoute, l'arbre me berce, je voudrais dormir des jours et des jours, cela m'éviterait de regarder mon téléphone chaque minute dans l'espoir d'une notification impossible.

Retour vers le passé, il y a quinze jours, un matin, on se levait juste avec Klara, j'ai vu Fatou et Antoine discuter avec un homme, Lucas était là aussi, il nous a présenté Jean-Pierre, un ami de son grand-père. L'homme était âgé, dos impeccablement droit, il parlait vite, fort, riait entre deux phrases. Il m'a serré la main, a serré celle de Klara et nous a dit qu'il nous donnait dix minutes pour avaler quelque chose avant de nous embarquer faire un tour. J'étais un peu perdu, j'ai cherché Lucas du regard, nous avions prévu de nous entraîner à l'escalade avec Fabio. Manon et Sarah qui passaient par là se sont quasiment jetées dans ses bras. Il leur a claqué une bise bruyante sur les joues. Un à un, tous les membres de notre petit groupe sont venus le saluer. Il serrait les mains, embrassait ou distribuait des accolades, appelait chacun par son prénom. Lucas nous a expliqué : Jean-Pierre était un ancien ouvrier de la sidérurgie, il était au courant de notre projet, il avait 86 ans, était de tous les combats, avait signé les premières pétitions contre l'implantation de la plate-forme, avait manifesté, s'était porté volontaire pour faire partie des soutiens logistiques, il approuvait totalement notre action. À la fin des années 1970, Jean-Pierre s'était battu pour empêcher la fermeture des usines sidérurgiques. Lucas nous a souri. *C'est vraiment un chic type*, il a dit. *Il m'avait prévenu que s'il trouvait le temps il vous ferait visiter la région.* Et je ne sais pas trop comment ça s'est fait, mais nous nous sommes retrouvés coincés, Klara, Fatou, Antoine et moi, dans sa voiture, direction Longwy, dans une vallée encaissée le long d'un ruisseau nommé la Moulaine. Jean-Pierre conduisait en nous expliquant comment on transformait du minerai en poutrelles métalliques, il racontait sa jeunesse, les luttes des années 1970, l'espoir en 1981 avec l'arrivée des socialistes au pouvoir, son entretien avec le Premier ministre de l'époque, Pierre Mauroy, qu'il était allé voir chez lui, à Lille, sans rendez-vous ; il parle, parle et parle encore, tandis qu'il roule à 40 km/h et envoie chier les gens qui osent le klaxonner, ne s'interrompt que pour s'indigner lorsqu'une voiture nous double. Je comprends 70 % de ce qu'il dit, j'en retiens 5 % et c'est déjà énorme, il passe d'un sujet à un autre comme une bille de flipper rebondit sans cesse, il décrit la fonte du métal, montre l'endroit où se situait un crassier qu'ailleurs on nomme terril, désigne au loin la courbe d'un champ et explique que les mines dessous se sont effondrées, détaille la composition des sols, raconte les émissions qu'il faisait sur une radio pirate syndicale dont la CGT déplaçait sans cesse l'émetteur de peur que les CRS ne le saisissent, il est intarissable sur l'histoire locale, cite des bouquins d'historiens qui ont commis quelques erreurs, donne les noms des lieux que nous traversons – à 40 km/h – en français et en luxembourgeois, nous demande comment c'était la ZAD de Notre-Dame-des-Landes comme si nous avions l'âge d'être militants à l'époque, nous dit qu'il approuve notre combat, que cette plate-forme de vente en ligne est un projet honteux. Il se tait un très court instant, une ombre passe sur son visage, reprend la parole pour expliquer que s'il était plus jeune il viendrait avec nous s'accrocher en haut d'un arbre, sa voix vibre très légèrement, mais c'est déjà fini, il a repris le récit des luttes et l'histoire de la sidérurgie en Lorraine.

Je l'écoute pour le plaisir de l'écouter, je ne cherche pas à retenir les chiffres ni les dates, les noms propres ni les lieux ; tous ces renseignements-là, je sais que je peux les retrouver sur internet ou dans un bouquin, je me concentre juste sur sa voix. Je suis penché en avant, je me suis glissé à l'arrière avec Klara et Antoine, Fatou a eu droit à la place devant ; je l'écoute évoquer des usines de plusieurs kilomètres de long, il nous montre un garage, un supermarché, un immeuble et nous explique ce qu'il y avait là, avant, tandis que derrière nous un embouteillage se crée, des conducteurs prennent des risques de plus en plus fous pour déboîter, nous dépasser, s'éloigner au plus vite. Je suis médusé par sa mémoire, puis je réalise d'un coup qu'il ne se souvient pas, il voit. Il voit les vestiges de l'usine au travers des zones commerciales, les galeries des mines sous les champs, son regard superpose les époques, il est à la fois ici et maintenant avec nous et retourné cinquante ans en arrière, il n'a pas à fournir un effort pour retrouver le passé, le passé vit littéralement en lui, il nous donne des dates précises : jour, mois, année, et je sais qu'il pourrait nous dire l'heure et le temps qu'il faisait ce jour-là, c'est sous ses yeux. La virée prend deux heures, à un moment Jean-Pierre se referme, le passé reste douloureux, il vient d'évoquer la liquidation des usines, les dizaines de milliers d'ouvriers brusquement sans emploi, la crise pétrolière, la fin de la sidérurgie, le désespoir de milliers de familles et le début de la fin pour la ville qu'il n'a jamais quittée depuis. Il stoppe la voiture, nous descendons, il marche aussi vite qu'il parle, il veut nous montrer une chose : en contrebas, un terrain de golf occupe l'espace d'une ancienne usine, sur un monticule, un immense cylindre métallique est couché. *C'est une casserole*, dit-il, *le seul vestige. Nous l'appelions une casserole, c'est une partie d'un haut-fourneau.* Et il se tait, là, d'un coup, définitivement rattrapé par la tristesse, projeté dans le présent. En silence, nous remontons dans la voiture, nous rentrons, à 40 km/h toujours vers Aciange, Jean-Pierre n'ouvre plus la bouche, sauf à un moment, pour redire que s'il était plus jeune il grimperait aux arbres avec nous.

Je pense à Lucas, à Maxime, à Manon et à Sarah. Je pense à Mehdi, à Tom, à Killian. Je pense à Amine, à Lola et à Estéban. Tous sont nés près des anciens sites de la métallurgie, tous sont les petits-enfants des ouvriers licenciés. Jean-Pierre reprend la parole, son humeur ne peut longtemps rester fixée sur la tristesse. *Quand j'avais votre âge*, dit-il, *le ciel était rouge, les fumées des hauts-fourneaux encrassaient les façades des maisons, ma mère se désespérait de ne pouvoir faire sécher des draps dehors sans que de la suie ne vienne les salir. Les usines ne se gênaient pas pour balancer des rejets toxiques dans les rivières. Les accidents au travail étaient terribles. Les mineurs attrapaient des saloperies aux poumons, faut pas me croire quand je dis que c'était une belle époque. On se tuait au travail, on n'avait pas conscience du mal que l'on faisait à soi, aux autres et à la planète, mais au moins on avait un travail, et on en était fiers.*

Et Jean-Pierre se gare dans la cour, devant la grange, la visite est finie. Nous le saluons, il sourit, nous souhaite une bonne journée et repart sans attendre.

Alors ? demande Amine qui vient à notre rencontre, *il a trouvé comment passer la quatrième sur sa bagnole ?* Puis, cessant de rire à sa propre blague : *Sacré bonhomme, non ?*

Le chêne n'en finit plus de s'égoutter, au loin j'entends Mehdi jouer un air de trompette, une douzaine de notes, répétitives, un appel, un truc qui donne envie de hurler *¡olé!*; je vais de moins en moins lire les messages nous concernant sur les réseaux sociaux, je n'en peux plus des trolls qui critiquent ou attaquent ce que l'on fait. Internet permet de déverser des poubelles de merde et de haine sur autrui depuis son lit ou son fauteuil; des gens aux pseudos plus ou moins imagés nous chient littéralement dessus, soit parce qu'ils pensent naïvement que la plateforme va créer de l'emploi dans la région, soit parce qu'ils jugent que l'on se met trop en avant dans le conflit, que l'on aurait dû procéder autrement, que l'on ne sait pas s'y prendre, que l'on discrédite les autres combats à mener, que l'on se préoccupe d'une petite forêt alors qu'il y a des causes plus importantes à défendre, que notre action est ridicule comparée à la guerre qui se déroule en Ukraine, etc., etc., etc. Je devrais me blinder, ne pas être affecté, mais j'ai l'impression que chaque commentaire ajoute du vinaigre sur mes plaies. En fait, ce ne sont pas les fachos, ceux qui postent un message pour dire qu'ils ont envie de venir avec un fusil nous tirer comme des pigeons, qui me blessent, ce sont les « amis » : les militants impliqués dans des causes similaires, qui nous attaquent parce qu'ils n'ont pas été prévenus, parce qu'ils désapprouvent un détail de notre action, parce que l'on a posté un communiqué de presse en utilisant la grammaire inclusive, parce que Antoine est mineur, parce que ceci, parce que cela… Une monstrueuse vague de dégoût a fini par me submerger quand j'ai compris que – sur les réseaux sociaux – on passe beaucoup plus de temps à se disputer entre potentiels alliés qu'à affronter nos véritables ennemis. Je finis par haïr le fonctionnement d'internet. Et c'est un paradoxe, parce que sans réseaux sociaux personne ne serait au courant de notre action.

Sinon, les responsables de la multinationale n'ont toujours pas réagi à l'occupation du futur site, et les médias commencent à se désintéresser peu à peu de nous, ça dure trop longtemps, l'attention est repartie ailleurs : la guerre en Ukraine, les élections, les risques du retour de la pandémie, l'augmentation du prix de l'essence et des matières premières. L'autre jour, j'ai lu un article disant qu'en raison de la crise sanitaire les ventes en ligne ont explosé et que la pâte à papier manque. Comme les sociétés de vente par internet ont besoin de fabriquer des cartons, il devient plus difficile d'imprimer des livres. Voilà un très joli paradoxe lorsque l'on sait que certaines de ces sociétés ont commencé leur activité en vendant des livres par correspondance. Des trucs et des machins font le tour du monde dans des cartons et, pendant ce temps, les éditeurs rencontrent des difficultés à imprimer des bouquins. Cette nouvelle, parmi tant d'autres, est une justification en soi de notre combat.

Au moment où j'allais couper mon téléphone, un message de ma petite sœur apparaît, laconique et mystérieux comme seule Julie sait en écrire : *J'aimerais tellement t'envoyer de la force* et du courage, ne perds pas espoir. Je souris, je n'ai rien dit du départ de Klara, à personne, il n'y a aucune trace sur internet de son changement d'arbre, Julie comme toujours est au courant de ce que l'on ne dit pas. À moins qu'elle ne parle de l'opération *Phylloscopus*, ou du temps qui passe sans que l'on sache s'il joue pour ou contre nous.

En milieu de matinée, le bourdonnement d'un drone me réveille de la torpeur dans laquelle j'étais tombé. C'est difficile de ne rien faire, de rester perché dans un arbre, sans marcher, sans courir, sans faire pleinement fonctionner son corps. Plus le temps passe, moins je m'alimente, mes réserves peuvent encore durer des semaines. J'ai récupéré un maximum d'eau de pluie, je la filtre pour la boire, j'utilise des lingettes pour me débarbouiller, je crois que je me suis mis à vivre au ralenti, les battements de mon cœur se sont espacés. J'écoute les oiseaux, je guette les allers et retours du pivert, je regarde en bas passer de rares journalistes ou patrouiller des flics accompagnés de chiens, j'attends. Ma principale occupation est de patienter. Le bruit du drone, donc, me réveille, je le cherche des yeux, finis par l'apercevoir, il s'approche de moi ; c'est un gros modèle qui transporte une sorte de filet, je recule instinctivement dans la cabane, je pense à un piège de la police. Mon téléphone clignote, plusieurs membres de notre groupe ont cherché à me joindre, je lis les messages sans perdre l'engin des yeux. Ce n'est pas la police, ce sont des amis de Lucas, des gens du coin qui nous livrent des cadeaux à domicile. Avec une délicatesse infinie, le drone se faufile entre les branches, je sens le souffle de l'air brassé par ses hélices, où qu'il soit le pilote est un champion, le drone se dirige vers ce que j'ai nommé mon balcon, il descend, il n'a pas frôlé une feuille, se stabilise. Je m'approche avec précaution, ces machines-là sont dangereuses, je glisse une main sous l'appareil, le filet est attaché à un crochet, je libère sa charge, il monte d'un coup d'une cinquantaine de centimètres et s'immobilise de nouveau, le pilote est réellement un pro, puis il s'éloigne, son vrombissement reste audible bien après qu'il est masqué à ma vue par les branches du chêne.

À l'intérieur du filet : une bière, une tablette de chocolat, un croissant frais, des tomates, une poignée de fraises et des mots, écrits à la main, de gens que je ne connais pas et qui me remercient d'être là où je suis, des choses concrètes, des cœurs à l'encre rouge, du partage et du soutien loin des macérations stériles des réseaux sociaux.

La pensée de faire quelques pompes et quelques tractions me traverse l'esprit, je m'allonge, lassé par avance. Des oiseaux chantent, j'ai étendu quelques vêtements sur les branches les plus exposées au soleil, j'ai passé une corde à l'intérieur de mes t-shirts et de mes caleçons trempés par les jours de pluie pour éviter de me retrouver à poil en cas de coup de vent. Au moins une chose que j'ai oublié de prendre : des pinces à linge. Ce midi, je constate que des fourmis ont trouvé le chemin d'un inutile paquet de sucre que j'avais déposé à côté de la boîte étanche dans laquelle j'entasse mes provisions. En grignotant deux carrés de chocolat, je les regarde entrer dans le paquet et en ressortir en transportant de minuscules montagnes de sucre, deux files strictement disciplinées, un va-et-vient méticuleux. Rien ne se perd en pleine nature.

Eh, je leur dis, *les filles, c'est aussi pour vous que je me bats, si jamais tout est bétonné ici, vous disparaîtrez.*

Bien évidemment, elles ne me répondent pas.

Les jours se cousent aux nuits pour fabriquer une jolie guirlande de temps qui passe. Les événements se comptent sur les doigts d'une main. L'écureuil n'a jamais disparu, je l'ai vu me voler un biscuit posé sur mon balcon alors que j'étais deux branches plus loin, occupé à pisser. Je n'arrive pas à voir ce qui chaque matin farfouille au pied de mon chêne. Pivert s'enhardit, il a progressivement repris sa place juste au-dessus de moi, il donne de la tête contre l'écorce, ajoute des trous à côté des autres trous (je suis allé inspecter à plusieurs reprises ce qu'il fabrique), la police nous engueule mollement, nous ordonne sans trop y croire de déguerpir, le maire d'Aciange a appelé à tronçonner les arbres sur lesquels nous sommes installés, ce qui lui a valu de battre son propre record d'impopularité.

Antoine m'a téléphoné, une après-midi, alors que j'écoutais tomber la pluie revenue, roulé en boule. Je n'ai pas été surpris de voir son nom s'afficher sur mon portable, j'ai pensé qu'il avait une chose à me dire concernant notre action. Quand j'ai réalisé qu'il souhaitait juste prendre de mes nouvelles, j'ai été surpris. Il tournait autour du pot, mais j'ai compris. Son appel m'a touché, il voulait savoir comment j'allais, comment je tenais le coup. Le prénom de Klara n'a jamais été prononcé durant notre conversation, mais je me doute bien que tous, dans leurs cabanes, accrochés à leurs branches, commentent ce qui s'est passé. Je repensais à la méfiance de Fatou vis-à-vis d'Antoine parce qu'il n'avait pas répondu aux messages d'une amie à elle. *Si on n'est pas intéressé, on le dit*, pestait Fatou. À un moment, Antoine a failli se confier. Il a murmuré une chose un peu confuse, sur la difficulté d'aimer. Antoine parle comme s'il marchait sur un fil, la chute n'est jamais loin. Je sais qu'il ne s'entend pas avec ses parents, une rumeur raconte que son père l'a dérouillé plus jeune. Sa mère probablement aussi. Il s'est confié au frère de Klara.

Alors que nous discutions, Antoine a commencé une phrase : *À quoi bon aimer si c'est pour souffrir plus tard...* L'intensité de sa voix diminuait au fur et à mesure qu'il parlait, comme si une main invisible baissait le volume. Peut-être que ça venait du réseau. Je n'ai rien répondu. Je voulais lui dire qu'il se trompait, qu'aimer vaut bien prendre le risque de souffrir un jour – un truc comme ça. Pourtant, je me suis senti con, je ne m'attendais pas à ça, je me suis demandé s'il rejetait les gens pour éviter d'être plus tard déçu par eux, j'ai tenté d'assembler une question dans mon esprit, un silence lourd a coagulé entre nous, le temps que je trouve mes mots, Antoine m'a salué et il a raccroché, me laissant englué dans des phrases non dites. Je me suis toujours demandé où vont les mots que l'on n'ose pas prononcer. Il est possible qu'ils restent coincés quelque part dans nos gorges et qu'ils y pourrissent.

Un matin, j'écoutais au casque une chanson de Radiohead que j'aime beaucoup, une musique mélancolique et lente, triste à souhait, un bruit a attiré mon attention, j'ai enlevé une oreillette, j'ai tendu l'oreille et j'ai réalisé que le pivert tapait exactement le rythme de la chanson, il suivait la batterie, marquait les mêmes arrêts, repartirait pile au même moment. J'ai coupé le son, le pivert a continué, il ne manquait que la voix de Thom Yorke. La chair de poule a soulevé les poils de mes avant-bras et le pivert a fini par arrêter de cogner. Après coup, je suis persuadé qu'il s'agissait d'une coïncidence, je me demande quelles sont les probabilités pour qu'un oiseau suive avec son bec le rythme exact d'une chanson d'un groupe de rock anglais ?

Cette histoire, je l'écris ici pour me la sortir de la tête parce qu'à vrai dire je ne sais vraiment pas quoi en faire.

Et, pendant ce temps, j'ignore si des oiseaux jouent à surprendre Klara.

Et, pendant ce temps, les jours passent le plus lentement possible. La police a pris son mal en patience, elle sait qu'il arrivera un moment où nous parviendrons au bout de nos réserves, alors nous serons bien obligés de redescendre. Une torpeur étrange s'est emparée de moi, l'ennui me submerge, j'en viens à me dire qu'il ne se passera plus rien, que l'opération *Phylloscopus* s'englue définitivement ; la presse ne s'intéresse presque plus à nous, nous ne faisons plus qu'attendre, je me sens désœuvré, vide, j'écris pour tuer les heures. Je finis par souhaiter que quelque chose se passe enfin, une pensée dont j'aurai honte, plus tard, quand j'entendrai le coup de feu.

Le coup de feu fige mon cœur.

Le coup de feu provoque la panique des oiseaux.

Le coup de feu fait taire la forêt.

Je sursaute, lâche le livre que je tenais dans ma main sans parvenir à le lire, le suis du regard alors qu'il chute jusqu'au sol. Le coup de feu a été tiré au sud, là où se trouvent Amine, Manon, Sarah, Maxime. Mon cœur s'affole, je me lève, me recule, je suis assis sur une branche, visible de loin, je suis une cible facile. Je ne dois pas paniquer, pas aller trop vite, c'est comme ça qu'un accident arrive, c'est comme ça que l'on tombe. Ma main saisit une branche, mes doigts tremblent. Mon téléphone est en charge, posé sur le capteur, à quelques mètres au-dessus de moi, hors d'atteinte, j'écoute, tendu, la tête rentrée dans les épaules. J'espère m'être trompé, j'espère que le bruit qui a fait fuir les oiseaux n'est pas un coup de feu, je sais pourtant que la détonation ne peut pas être autre chose que celle provoquée par un fusil, un fusil de chasse. En luttant contre l'affolement, j'escalade, je n'arrête pas de penser que du sol n'importe qui peut me tirer dessus, je récupère le téléphone, redescends me réfugier au fond de la cabane, allume l'appareil, me plante en dessinant mon motif de verrouillage sur l'écran, recommence une seconde fois, me plante une seconde fois, inspire, relie les bons points dans le bon ordre, me connecte à notre groupe.

Et j'écoute : je redoute d'entendre un nouveau coup de feu.

Amputée du chant des oiseaux, la forêt n'a jamais été aussi silencieuse.

Sur le groupe, Killian, Fatou et Lola demandent ce qui se passe.

Aucune nouvelle de ceux qui sont installés au sud.

Au loin, des cris, des appels, des gens qui courent.

Un message, enfin, de Maxime. Un coup de feu a été tiré, confirme-t-il, tout près de son arbre, les flics pullulent partout en bas.

Estéban s'en mêle, annonce que la police nous attaque et va nous tirer comme des pigeons.

Fabio se connecte et poste deux messages :

Restez calmes.

Est-ce que tout le monde va bien ?

Un appel vidéo collectif, le visage d'Amine apparaît, en gros plan, flou, il murmure, je ne comprends rien, plusieurs parlent en même temps et le canal audio sature. Nous nous taisons, Amine reprend son souffle. *On m'a tiré dessus*, il dit.

J'entends sa phrase, elle passe en boucle dans mes oreilles. *On m'a tiré dessus.*

Les flics ? hurle Estéban.

Non, répond Amine, *les flics coursent la personne qui a tiré.* Tout le monde commente à nouveau en même temps, le son devient inaudible, la vidéo se coupe.

Au loin d'autres cris, j'entends courir au pied de mon arbre, je glisse une tête, vois passer des uniformes à toute allure.

Plus de nouvelles d'Amine.

Sarah raconte qu'il y a des policiers, l'arme à la main, ils poursuivent quelqu'un, ils ne s'occupent pas de nous.

Amine nous rappelle, sa voix est bien plus posée, il raconte : il était en train de bouquiner, il avait noué un hamac entre deux branches, il a entendu le coup de feu, il a vu des feuilles et des branches exploser sur sa gauche, à deux mètres de lui, il a tellement sursauté qu'il a failli se vautrer. Le hamac tanguait, il voulait se mettre à l'abri, il a aperçu en bas un type qui tenait un fusil de chasse, une de ces armes qui tirent des chevrotines. L'homme regardait dans sa direction en souriant, il a cassé son arme, comme pour recharger, mais des flics ont poussé des cris et il est parti en courant.

Estéban hurle que le type était un flic en civil, que ça pue la mise en scène. Fatou ordonne à Estéban de fermer sa gueule. La ligne sature, trop de monde veut parler en même temps. Quand le silence se fait, Fabio questionne Amine : *Tu penses que le type au fusil t'a raté ou qu'il a cherché à te faire peur ?* Amine hésite, il n'en sait rien. Un bon chasseur ne l'aurait sans doute pas loupé.

Mehdi crie plus fort que nous tous, il voit le type, celui qui a tiré, il est menotté, encadré par deux policiers qui marchent en le poussant, une main sur l'épaule, un autre flic suit en transportant un fusil.

Je reste terré au fond de ma cabane bien après avoir raccroché. Un à un, les oiseaux reviennent chanter. Maxime nous envoie un message collectif, il a appelé la police, l'homme qui a fait feu a été appréhendé, son identité reste un mystère. L'inspecteur à qui il a parlé semblait bien embêté. Ce qui était une action militante est en train de se transformer en fait divers. Maxime nous confirme que la presse revient en masse sur le site.

D'ici une heure, cela grouillera de journaliste en bas comme au premier jour.

La suite, c'est les médias qui nous l'apprendront. L'homme est un habitant d'Aciange (un facho, commentera Lucas, qui le connaît de vue), trente ans, chômeur, le maire lui a promis un emploi une fois la plate-forme construite. Selon ses propres déclarations, il a pété les plombs devant l'inaction de la police. Et, en parlant de plomb, il a utilisé des cartouches au gros sel. Toujours selon ses déclarations, il ne voulait blesser personne, juste faire peur.

Ce soir, Amine est interrogé en direct sur France Télévision, il ne s'est pas rasé depuis une semaine, mais il est toujours aussi beau gosse (de l'avis de Fatou, qui commente sur notre groupe). Il raconte le coup de feu, sa peur, explique que, gros sel ou chevrotine, il aurait pu paniquer, tomber et se tuer. Le journaliste lui demande s'il va porter plainte, Amine sourit de toutes ses dents : pour porter plainte, il faudrait qu'il puisse se rendre dans un commissariat sans être arrêté. Fin de l'entretien. Le présentateur du journal télévisé explique ensuite que cela fait plus de deux semaines que nous tenons bon. L'opinion publique, qui nous avait un peu oubliés, redécouvre notre présence. Les visites et les commentaires explosent sur les réseaux sociaux. Un communiqué résumant la situation posté par Maxime dépasse les cent mille likes.

Ce soir-là, Amine nous écrit en privé qu'il n'y a rien de tel qu'un Arabe au gros sel pour réveiller les consciences. On lui demande s'il a eu peur, il ne répond pas, il frime, joue les durs. C'est lui la star aujourd'hui, il mérite son moment de gloire.

Demain, on apprendra que l'homme qui a tiré n'a plus de permis de chasse ni de permis de conduire en raison de son addiction à l'alcool. Un article du journal *Libération* posera également une très bonne question demeurée depuis sans réponse : comment un type avec un fusil a-t-il pu entrer dans un secteur bouclé depuis des semaines par la police ?

Ce soir, je suis couché et je n'arrive pas à dormir, je réentends le coup de feu, je me fais un mauvais film dans lequel Amine est touché ou dans lequel il bascule et se brise les os. Un pressentiment joue avec mes nerfs. J'ai l'impression que quelque chose va mal se passer, qu'un drame va arriver. Au milieu de la nuit, alors que j'écoute les rapaces nocturnes bouffer les petites bestioles nocturnes tandis que les insectes nocturnes reprennent la guerre laissée en plan depuis le petit matin, je pense à Poids Plume, ma sœur : elle a souvent des prémonitions, des intuitions qui tombent juste. Pour la toute première fois, j'espère ne pas avoir le même don qu'elle. Je me répète que tout va bien se passer, comme un mantra, sans parvenir à ôter le poids qui comprime ma poitrine.

Que dire ? Sinon que huit jours supplémentaires s'écoulent, huit jours à lutter contre les fourmillements, contre l'envie de jeter une corde pour descendre en rappel et toucher la terre ferme. huit jours de plus à tanguer quand le chêne tangue, à se mouiller quand il pleut, à explorer l'arbre branche à branche, en montant le plus haut possible, à discuter avec des fourmis, à siffler en imitant les oiseaux, à attendre, à espérer, à recevoir des milliers de messages : d'amis, de la famille, d'inconnus, de la police, d'un avocat se proposant de prendre en charge gratuitement ma défense, de vagues connaissances et jamais de la seule personne dont j'aurais aimé recevoir un message.

Huit jours qui s'additionnent à quinze et donnent trois semaines passées dans un arbre perché, ne tenant même pas un fromage dans mon bec, à lire les larmes aux yeux qu'une manifestation de soutien a dégénéré et qu'un jeune homme a perdu trois doigts en voulant ramasser une grenade au sol pour la renvoyer vers les CRS, à voir tout de même notre cause s'effacer peu à peu, malgré le regain d'intérêt provoqué par le tir en direction d'Amine : les incessants soubresauts du si vaste monde réclament ailleurs la présence des journalistes.

De temps en temps, Maxime nous fait parvenir quelques articles qu'il juge particulièrement intéressants. Récemment, un journaliste a rencontré des retraités, d'anciens ouvriers de la sidérurgie. Il avait constaté qu'aux alentours du site les gens qui viennent spontanément nous soutenir sont plutôt âgés. Si j'en crois l'article, les retraités de la métallurgie, ceux qui se sont retrouvés au chômage économique au début des années 1980, sont nos principaux alliés. Ils ont vécu une crise sans précédent, ont été virés par paquets de cinq cents ou mille, ils ont connu le chômage, les formations, le reclassement, le déclassement. Aujourd'hui, ils sont là, autour du site, à manifester leur soutien. L'un d'eux, anonyme, a raconté au journaliste que cette implantation d'une plate-forme lui rappelait ce qui s'était passé quarante ans plus tôt : des entreprises internationales avaient promis de sauver les usines sidérurgiques, elles avaient empoché des subventions et elles avaient disparu. C'était à son avis ce qui allait de produire à nouveau : une plate-forme serait construite avec de l'argent public pour être abandonnée à la première difficulté.

Maxime continue de relayer des infos, de répondre aux médias – il a eu son heure de gloire hier en étant interviewé par un journaliste de la chaîne américaine NBC News. Lucas fait toujours le lien avec les soutiens locaux qui n'ont pu renouveler la livraison de cadeaux par drone, l'appareil ayant été saisi par la police ; c'est lui qui garde le contact avec les ouvriers retraités nous soutenant ; j'imagine que Jean-Pierre est parmi eux, quelque part, qu'il est venu à 40 km/h se garer non loin de la forêt et qu'il participe aux manifestations organisées maintenant chaque soir à 18 heures, en signe de solidarité avec notre lutte. Lola s'occupe elle aussi des réseaux sociaux, modérant les commentaires, bloquant les trolls et tous ceux qui postent des insultes ou des appels à la violence. Fabio, lui, demeure silencieux, se contentant de nous contacter un à un pour que l'on vérifie l'état des cordes, les attaches de nos cabanes. Il a spontanément pris en charge notre sécurité collective, insistant pour que l'on s'assure que, avec le temps, le vent et la pluie, la planche sur laquelle nous sommes assis ne va pas glisser en nous entraînant dans sa chute. Et je dois avouer que j'ai du mal à lui répondre ; à la suite de mes soupçons idiots, je me sens un peu merdeux quand il m'envoie un SMS chaleureux d'encouragement. Amine, Killian, Yann, Antoine, Manon, Sarah, Tom vivent leur vie, comme moi, j'imagine, attendant que quelqu'un quelque part se décide à faire quelque chose. Mehdi rythme nos journées en jouant de la trompette. Fatou et Klara postent de temps en temps des selfies montrant à qui veut le voir comment on vit jour après jour à quinze mètres de hauteur dans un arbre, selfie que j'agrandis pour tenter de lire une expression particulière sur le visage de Klara. Seul Estéban demeure imprévisible : il est descendu plusieurs fois, jouant à narguer la police, s'attirant des messages agacés de nous tous. Estéban nous a obligés à créer un sous-groupe dans notre groupe, destiné à échanger des messages et des informations à son sujet.

Une nuit, je monte le plus haut possible, aucun nuage ne voile l'éclat des étoiles, longtemps je regarde le ciel. Je n'y connais rien en constellations ou en signes du zodiaque, je suis infoutu d'identifier Mars, même si la planète clignote en face de moi, j'ai simplement envie de plonger mes yeux dans l'infinité. Du regard, je suis un point particulièrement brillant qui avance en ligne droite. La Station spatiale internationale ? Est-ce que tout là-haut les astronautes s'emmerdent à bord de leur vaisseau autant que moi dans mon arbre ?

Trois semaines, donc, à regarder le feuillage du chêne s'épaissir un peu plus chaque jour, à voir le paquet de sucre (500 grammes) se faire cambrioler jusqu'au dernier grain par les fourmis délinquantes, à compter les nouveaux trous creusés par le pivert (neuf à ce jour), à me demander comment tout cela finira par prendre fin, parce que, au fil des jours, il est devenu évident que la police ne bougera pas : les flics savent que le temps joue contre nous, que nous finirons par ne plus avoir de vivres, d'eau, de patience. Et que l'un de nous, tôt ou tard, commettra une imprudence. Ce en quoi à vrai dire la police n'a pas tort, puisque nous savons tous qui la commettra, cette imprudence.

Estéban nous précipite dans le chaos exactement vingt-deux jours après notre installation. Un matin, bien avant que Mehdi ne lance le premier appel de trompette de la journée, nous recevons un message de Tom, il est presque 6 h 30, le soleil est déjà levé, le ciel est blanc, il devrait ne plus pleuvoir, ou des averses rapides comme ces derniers jours. Tom poste une vidéo sur laquelle on voit Estéban passer sous son arbre, avec ce simple commentaire : L'autre débile est encore descendu. Aussitôt, Fatou répond que c'est son problème s'il se fait choper par les keufs. Et Lola commente tout de suite en disant que c'est notre problème à tous parce que, avec le téléphone d'Estéban, la police aura accès à tous nos médias et pourra effacer très facilement toute trace de nos messages en ligne. À cette heure-là, je pensais être le seul réveillé, je me trompais. Des icônes m'informent que Killian, Manon, Yann, Antoine, Fabio, Mehdi et Klara ont vu la vidéo.

Et les choses s'enchaînent,
tellement vite,
que je ne suis pas certain de leur déroulé exact.

Il semblerait que la police ait repéré depuis longtemps le manège d'Estéban et ait décidé de lui tendre une embuscade.

Il semblerait que Fabio soit descendu de son arbre pour mettre les choses au clair avec Estéban, en face à face.

Il semblerait que tout le reste soit la faute à pas de chance,
un accident,
un imprévu,
un mauvais enchaînement de circonstances.

Tom voit Estéban passer sous son arbre, Fabio jette une corde pour descendre l'engueuler, Killian, dont l'arbre est situé à dix mètres de celui de Tom, voit à son tour passer Estéban, Manon, réveillée, le regarde pisser contre le tronc d'un arbre, elle capte aussi des mouvements à une quinzaine de mètres : quatre uniformes. Elle pousse un cri qui fait sursauter Estéban, il ne sait pas d'où est venu le hurlement, part en courant sans prendre le temps de refermer sa braguette, droit vers les flics, il leur tombe quasiment dans les bras. Manon distingue vaguement la scène, Killian également, sous un autre angle de vue. Estéban veut opérer un demi-tour, il glisse, se vautre au sol et les flics lui tombent dessus. Juste à ce moment-là, Fabio apparaît, un des flics l'aperçoit et se lance en courant à sa poursuite. Manon perd la scène de vue, Sarah, réveillée en sursaut, lui demande pourquoi elle crie. Killian a le temps d'apercevoir Fabio qui court talonné par deux policiers. Seul Maxime pourrait observer la suite, mais il dort. Tom se place sur une branche plus basse pour savoir ce qui est en train de se passer, il a entendu le cri de Manon. Mon arbre est trop éloigné, je ne peux rien voir. Quelques SMS circulent entre nous. Antoine imite Tom, il descend de quelques mètres pour mieux apercevoir ce que le feuillage masque, il entend un bruit de course vers l'ouest, les flics gueulent à Fabio de s'arrêter. Le reste, je ne peux que le supposer. Fabio distance les deux policiers lancés à sa poursuite. Plus loin, Estéban est maîtrisé, menotté ; Manon, Sarah et Killian assistent impuissants à la scène. Fabio court vers son arbre, mais la forêt grouille de policiers, ce matin, Tom comme Antoine en témoignent, les flics essaient de couper la route à Fabio. Ensuite, sans doute arrive-t-il au pied de son arbre, sans doute saute-t-il sur sa corde sans prendre le temps de sécuriser quoi que ce soit, sans doute commence-t-il à se hisser à la force de ses bras. Sans doute est-il déjà à plusieurs mètres de hauteur quand les premiers flics essoufflés le rejoignent. Peut-être attrapent-ils la corde à leur tour, peut-être la secouent-ils, je n'en sais rien, c'est ce que beaucoup ont raconté par la suite, des gens qui se trouvaient à des centaines de kilomètres d'ici et qui ont écrit des articles pour dénoncer une nouvelle bavure policière. Peut-être que la main d'un flic a attrapé la corde et l'a secouée. Peut-être que Fabio a commis une imprudence tout seul. Peut-être qu'il a paniqué, qu'il a glissé, qu'il a mal géré ses impulsions. Peut-être que les flics s'y sont mis à plusieurs, enragés de voir leur proie s'échapper juste sous leurs yeux, pour tirer sur la corde. Peut-être que c'est vraiment la faute à pas de chance. Peut-être que les flics ont agité la corde sans comprendre qu'ils risquaient de faire chuter Fabio. Peut-être qu'ils ont tiré exprès, en souhaitant de toute leur haine que Fabio se casse la gueule et se brise les membres. Peut-être qu'aucune de ces hypothèses n'est valable. Il n'y a pas de témoins pour contredire les policiers qui ont poursuivi Fabio ce matin. Dans leur déposition, ils ont tous déclaré exactement la même chose : Fabio a grimpé, ils lui ont ordonné de s'arrêter, ils ont constaté qu'il escaladait sans aucune protection, ils n'ont rien tenté, Fabio est monté à plus de six mètres de hauteur et il est tombé. Comme ça. Les cinq policiers essoufflés présents au pied de l'arbre, qui ont poursuivi Fabio pour le piéger en le prenant en tenaille, ont déclaré qu'il est tombé tout seul.

C'est peut-être vrai.

C'est peut-être un mensonge.

C'est peut-être une déclaration de bonne foi.

C'est peut-être un doigt d'honneur adressé à la vérité, à la justice, à Fabio, à nous tous, à la fonction symbolisée par leurs uniformes.

Fabio nous a appris à tous comment utiliser une corde, comment escalader. En même temps, il nous a raconté des histoires de cordistes expérimentés qui un jour commettent une maladresse et chutent. Il nous a répété tant de fois qu'un accident est toujours possible, qu'il ne faut jamais se sentir trop sûr de soi.

Je n'en sais rien.

En l'absence de preuves, je ne peux que lister les hypothèses.

Killian a entendu les flics ordonner à Fabio de redescendre. Et c'est tout. Jamais la voix de Fabio, quelque chose qu'il aurait pu dire. Pas même le bruit d'un corps qui heurte le sol.

Fabio est tombé sur le dos
de six ou sept mètres
la colonne vertébrale a tout pris.

Killian a vu Mehdi courir vers l'endroit où se tenaient les flics, au pied de l'arbre de Fabio. *Je suis secouriste*, hurlait Mehdi.

Les policiers ont ceinturé Mehdi, l'ont menotté et ne l'ont

pas laissé s'approcher de Fabio. Personne n'a vu cette scène, mais Killian a tout entendu, Mehdi gueulait de toutes ses forces, il suppliait littéralement les policiers de le laisser s'approcher du corps de Fabio.

Killian a distinctement entendu un flic répondre *Ta gueule, l'Arabe*, à Mehdi, il était trop bouleversé pour penser à enregistrer la scène.

Une ambulance des pompiers est arrivée sur le site, Fabio a été conduit à l'hôpital moins de quinze minutes après sa chute. Lésions de plusieurs vertèbres, traumatisme crânien et brûlures aux paumes des mains causées par la friction de la corde, prouvant qu'il a lâché prise à un moment et voulu se rattraper.

Il était inconscient quand il a été emporté.

Tout seul, il est tombé,

donc,

c'est ce que les agents ont dit, écrit et signé de leurs cinq signatures. Aucun témoin ne pourra jamais les contredire.

Sauf si Fabio se réveille.

Puisque, au moment où j'écris ces lignes, il est encore dans le coma et que personne ne sait quand il se réveillera et s'il pourra remarcher un jour.

Estéban et Mehdi, eux, ont été embarqués en garde à vue.

Papa était là lorsque je suis descendu de l'arbre, avec une équipe de télévision et plusieurs avocats. Dans l'heure qui a suivi la chute de Fabio et l'arrestation de Mehdi et d'Estéban, la direction européenne de la multinationale a déclaré qu'elle retirait son projet de plate-forme logistique. Nous avons gagné, et la victoire laisse un goût de sang sur nos lèvres. Plus tard, je lirai dans les articles évoquant la conclusion de notre lutte que ce n'est pas le premier recul de l'entreprise. Quand médiatiquement ça tourne mal, elle disparaît. Provisoirement, du moins. Un coup de feu puis, la semaine suivante, un militant grièvement blessé lors d'une chute, la multinationale ne veut pas de ce genre de publicité. Le maire d'Aciange, lui, ne décolère pas, il a prétendu que notre action irresponsable a fait perdre des centaines d'emplois à la région.

La police a saisi le téléphone d'Estéban et celui de Fabio, nous avons reçu des messages sur notre groupe privé de discussion. Des menaces, encore. Des appels à la raison. Je n'en ai conservé qu'un seul, celui qui m'a fait le plus mal, celui qui m'a coupé en deux, qui m'a donné envie de descendre et d'aller me battre. Un message violent engendrant de la violence. Un message qui disait que *notre attitude irresponsable avait provoqué un accident grave*. C'est si simple de juger que nous sommes collectivement coupables de la chute de Fabio.

Quand il a été évident que rester perchés ne servirait plus à rien, nous avons pris la décision de descendre. Nous nous sommes appelés les uns les autres, Maxime et Lola ont informé la presse : il valait mieux que le maximum de caméras, d'appareils photo et de micros soient tendus dans notre direction à ce moment.

Et j'ai jeté une corde.

Et je suis descendu.

Et je descends, après m'être assuré comme Fabio me l'a appris, lentement, sans prendre de risques.

Je mets un pied au sol, un second, j'ai l'impression que la terre tangue doucement, comme agitée de vents secrets. Je détache la corde, je refais un pas, les buissons craquent en face de moi, je fais un autre pas et je le vois : un chevreuil. Il a les yeux plantés dans mes yeux, il est immobile, de trois quarts, prêt à s'enfuir, son flanc se soulève, il tend le cou vers moi, j'observe son museau s'agiter, ses narines s'ouvrir, il me sent. Nous nous regardons peut-être dix secondes, et se produit alors une chose incroyable : je lui souris et très lentement il se retourne, il part en marchant, en prenant tout son temps. Je pense que ce n'est pas logique, qu'il aurait dû détaler au plus vite ; le buisson l'avale, je l'entends s'éloigner, je suis certain que c'est lui qui vient fureter au pied de mon arbre depuis des semaines, il était déjà là au premier matin, il m'espionnait la dernière fois que j'ai foulé la terre ferme. *Ciao Bambi*, je murmure, et d'autres bruits me font me retourner, papa est là, encadré par deux hommes que j'identifie comme étant des policiers en civil. Ils se précipitent sur moi, je n'ai même pas le temps d'ôter mon baudrier, je suis menotté, tiré en avant, je regarde vers les buissons, le chevreuil ne se montre plus, je cherche les autres des yeux, je cherche Klara, en fait, je ne vois que papa qui, d'un geste de la main, me fait signe que tout va bien se passer. Dans la voiture qui me conduit au commissariat, aucun des deux inspecteurs ne m'adresse la parole.

Ça me va, je n'ai pas envie de parler, j'ai envie de me battre, de lancer mon poing vers un visage, de sentir les chairs et l'os sous mes doigts. Je suis menotté, ça m'empêche de commettre un vrai délit.

Le reste ?
Comment le raconter ?

Des heures et des heures à attendre dans une cellule, puis un entretien avec un flic qui veut savoir ce qu'il sait déjà : comment je m'appelle, où je vis, pourquoi je suis là. Des allers-retours entre la cellule et plusieurs bureaux où l'on me pose les mêmes questions. L'isolement. J'aperçois parfois l'un d'entre nous quand il passe escorté par deux policiers dans un couloir, ou quand il sort d'un bureau où l'on me fait entrer. Je m'attendais à des discours paternalistes, à des menaces, à des éclats de voix, j'avais encore une fois des mauvaises images de séries télévisées en tête. Personne n'a de conseil pour moi, personne n'a rien à me dire, je suis un problème qui se règle administrativement ; on me donne à relire des photocopies de mes dépositions, je les signe, j'attends, j'attends, et le lendemain en fin de matinée je sors, hébété, ankylosé par une nuit blanche, par la violence contenue en moi dont je ne sais que faire, par la rage d'avoir retrouvé l'usage de mes pieds pour être aussitôt enfermé dans une cage.

Dehors, papa m'attend, il commence un geste, celui de vouloir me serrer dans ses bras, s'interrompt brusquement, hésite. Je ne bouge pas, je dois faire peur : vingt-trois jours sans me raser, sans me laver les cheveux, en changeant au minimum mes vêtements. Il est possible que je pue malgré mes toilettes aux lingettes. Finalement, il se lance, m'enveloppe, m'embrasse sur la joue. Et je pleure. Je ne sais pas pourquoi je pleure. Peut-être de ne pas avoir pu mettre mon poing dans la gueule d'un flic, peut-être de ne pas m'être fait dérouiller, peut-être parce que je n'avais pas imaginé que l'opération *Phylloscopus* se transformerait en liasse de documents administratifs.

Plus tard, quand j'aurai recouvré la parole, quand mon cerveau aura réappris à fonctionner normalement, quand j'aurai pris la meilleure douche chaude de toute ma vie, papa m'expliquera que – selon les avocats – aucun de nous ne pourra être sérieusement embêté. Nous n'avons pas vraiment transgressé de loi, la multinationale n'avait pas encore acheté le terrain à la commune d'Aciange, nous n'avons violé aucun domicile privé, les bois sont communaux, autorisés au passage et à la promenade. Au pire, on pourra nous infliger une amende pour construction illégale de cabanes. Tout ça, papa me le dira plus tard. Pour l'instant, il comprend qu'il vaut mieux se taire, il passe un bras sur mon épaule, je pleure, mes nerfs lâchent. Je murmure entre deux sanglots que je suis faible, il me répond que j'ai une force incroyable.

Quand je me réveille, j'entends encore pendant une ou deux secondes les coups de bec du pivert contre l'écorce du chêne. Lorsque j'étais dans la cabane, pour tuer le temps, j'ai lu que les piverts ont un crâne renforcé et un cerveau très spongieux, ce qui leur permet de donner des milliers de coups contre le bois sans s'assommer. J'ouvre grand les yeux, le bruit disparaît, je ressens encore dans mes membres et mon ventre le balancement très léger de l'arbre. Je suis perdu un court instant, puis je me souviens. Je suis dans un lit, mon premier lit après vingt-deux nuits passées sur un matelas déroulé sur des palettes fixées à mi-hauteur d'un chêne, et une nuit en garde à vue. Désorienté, je regarde autour de moi : tapisserie à fleurs, austère armoire brune avec un miroir piqueté sur la porte, abat-jour en tissu, je suis logé chez un ami d'un ami d'un ami de mon père. Un élu local, adhérent au même parti que lui. La sensation de flottement disparaît elle aussi. Ma tête est l'inverse de celle d'un pivert : mon cerveau est dur comme un caillou et mon crâne, spongieux. Mon visage me brûle ; hier soir, en me rasant, je me suis coupé une dizaine de fois. Je me redresse lentement, il va me falloir quelques jours pour réapprendre à vivre sur la terre ferme, sans risquer de me cogner la tête contre le toit de la cabane ou de glisser d'une branche. Mon corps s'est habitué bien plus vite que je ne l'aurais cru à l'inconfort de l'arbre.

Le midi, nous nous retrouvons tous dans la maison du grand-père de Lucas, des journalistes ont été invités en début d'après-midi, je ne sais trop qui a organisé tout ça. Quand nous arrivons, un buffet nous attend, Jean-Pierre est là, il me serre la main en silence. Ce repas aurait dû être une fête, il est solennel comme une veillée. Antoine manque. Il a envoyé un message à Fatou pour lui dire qu'il rentre de peur que son père n'arrive. Sans rien ajouter d'autre. Je sais, comme nous le savons tous, que la vie d'Antoine n'est pas simple. J'espère qu'un jour il osera en parler. Estéban n'a pas osé se présenter devant nous. Tom et Amine lui ont envoyé des messages auxquels il n'a pas répondu.

Klara est déjà là quand j'arrive, mon père la serre dans ses bras, je ne m'approche pas, m'assois à l'autre bout de la table, mange en écoutant les conversations évoquer l'état de Fabio. Maxime et Lola lisent le communiqué qu'ils ont écrit le matin même et qu'ils répéteront devant les caméras d'ici deux heures. Je les trouve admirables d'avoir su mettre des mots sur ce qui s'est déroulé. Maxime et Lola ont imaginé un beau titre pour le communiqué de presse : *L'espérance joyeuse des luttes.* En conclusion, ils disent que la multinationale s'est retirée, mais que nous devons demeurer vigilants puisque, forcément, elle réapparaîtra ailleurs : en Belgique ? Dans un autre coin de France ? Au Luxembourg ?

Une seconde, mon esprit s'évade, loin, je vois un bureau dans une tour, quelque part aux États-Unis, des types en costume évoquent Aciange en prononçant mal le nom du village. Savent-ils au moins qui nous sommes ? Ont-ils lu quelque part le prénom de Fabio ? Ont-ils pensé à lui ? Un homme est en train de parler, il dit qu'un incident a rendu le projet impopulaire, et les cadres assis autour d'une très grande table lèvent une main pour voter le retrait du projet. Point. On passe à autre chose. Les bénéfices sont excellents mais ils ont calculé qu'en fermant trois plateformes en Europe pour les implanter en Inde ils pourront augmenter leurs marges de 2 %. Les mains se lèvent à nouveau. 4000 licenciements qui ne seront jamais comptabilisés comme des licenciements, puisque les employés sont des intérimaires avec des contrats à la semaine ou à la journée. C'est une belle journée pour eux. Le soleil parvient tamisé au travers des vitres fumées de l'immeuble. Un grand logo est floqué sur le mur.

Des rires et des conversations me rappellent à la réalité, nous mangeons, nous partageons une étrange victoire : nous n'avons pas pu nous battre réellement contre quelqu'un. Les multinationales n'ont pas de corps, pas de poings, pas de joues à gifler, on les combat à grands coups de symboles, comme construire des cabanes.

Thomas ?

En sursautant, je remonte du fond de mes pensées, tout le monde me regarde, tout le monde lève une main, ici, dans cette grange, exactement comme j'imaginais les types en cravate le faire dans leur immeuble climatisé de Seattle, sur la côte Ouest des États-Unis. *Thomas ? On vote pour savoir si on envoie le communiqué de presse ?*

Je m'excuse, demande à relire le communiqué, vois que Lola et Maxime l'ont signé en notre nom. Je souris, je propose que l'on ajoute aussi la faune et la flore du petit bois dans la liste des signataires. Je pense au chêne dans lequel j'ai vécu vingt-deux jours, je pense à l'écureuil curieux, je pense aux fourmis dévaliseuses, au pivert musicien, au chevreuil. Tous acceptent ma proposition, alors moi aussi je lève la main.

À 14 heures, la presse débarque : des caméras, des lumières, du bruit, des micros tendus, des bousculades, des questions. Parfois des sourires et de l'empathie. Papa a la délicatesse de s'effacer sans prendre la parole, bien qu'il en brûle d'envie. Un groupe d'ouvriers retraités conduit par Jean-Pierre s'occupe de l'intendance.

Nous sommes les héros du jour, nous avons créé les conditions d'un refus collectif, nous avons prouvé que l'ultralibéralisme pouvait fléchir. Nous avons sauvé quoi ? Une petite forêt, quelques hectares, sans doute une partie des commerces du coin, presque rien, un truc dérisoire comparé aux maux dont souffre le monde. Je laisse Maxime et Lola parler, j'écoute, en retrait. Mon téléphone vibre. SMS de Julie, ma sœur. Vous avez sauvé un fragment du monde, m'écrit-elle. Ce que vous avez fait, c'est montrer que combattre est possible. Ce que vous avez fait, c'est prouver que l'on peut s'opposer alors que tous les discours rabâchent que c'est impossible. Je souris, Julie a le don de répondre aux questions qu'on ne lui a pas posées. C'est comme si elle dialoguait avec ce qui se trouve dans votre tête. Je veux montrer le SMS à mon père, il a reçu le même.

Les copains de Jean-Pierre aux cheveux blancs (ou chauves) servent du thé et du café, proposent de la gnole de mirabelle locale aux journalistes ravis. Autour de nous, les avocats sont plus nombreux que les inculpés : des associations citoyennes se sont mobilisées pour notre défense, on nous répète que les charges ne tiendront pas, que le maire d'Aciange perdra s'il refuse de retirer sa plainte. Nous sommes du bon côté.

Je n'ai pas encore vu Fabio, je déteste les hôpitaux, nous n'avons pas le droit de lui rendre visite, nous ne sommes pas de la famille ; nous avons des nouvelles indirectes par Jean-Pierre, qui connaît quelqu'un qui connaît un médecin. Ce que l'on sait, c'est qu'il va se réveiller et qu'il ne gardera pas de séquelles de ses lésions cérébrales. Ce que l'on ne sait pas, c'est comment il pourra remarcher. Peut-être boitera-t-il, peut-être retrouvera-t-il toute sa mobilité. C'est trop tôt pour le découvrir.

S'équiper, s'assurer, sécuriser la corde, je repense à tous les gestes que Fabio nous a appris, à la manière dont il a partagé ses connaissances avec nous, je le réentends évoquer ses étés passés à laver des vitres accroché à une corde ou à élaguer des arbres pour le compte d'un paysagiste chez qui il travaillait comme intérimaire. Fabio, souvent, nous a répété que son père lui avait appris à escalader. Je me demande si son père est là, à l'hôpital. J'aimerais rencontrer cet homme, lui dire que son fils est quelqu'un de bien, lui dire que Fabio n'a pris aucun risque, lui dire… Je ne sais pas trop ce que l'on peut dire à quelqu'un qui se trouve au chevet de son fils plongé dans le coma.

À la fin de la conférence de presse, il est prévu que nous nous quittions. Je rentre avec papa ; Fatou et Klara feront la route ensemble dans l'antique Clio de Fatou. Nous repoussons tous ce moment au maximum : chacun va retrouver le chemin de sa vie, Mehdi joue un morceau de trompette qui serait déchirant s'il n'était pas truffé de couacs et de fausses notes.

Enfin, quelque chose cède en moi, ou plutôt : pour la première fois depuis des jours et des jours, j'accepte de ne pas penser, je m'approche de Klara sans me demander ce qu'il faut que je dise pour ne pas la froisser ou la déranger ou l'inquiéter ou l'attrister. Je dis juste ce que j'ai envie de dire, que j'espère qu'elle va bien, qu'elle me manque, que j'ai effacé tellement de SMS sans les envoyer qu'il me faudrait des semaines pour lui dire tout ce que j'ai à lui dire, qu'elle est belle, là, sous le ciel bleu-blanc de l'été, avec le vert des forêts au loin et ses yeux si clairs qu'ils continuent de m'impressionner malgré tout le temps que nous avons passé ensemble.

Klara me sourit. *Tu ne t'excuses pas ?* Elle me demande. Et comme j'ai sans doute l'air aussi con que surpris, elle éclate de rire. *Chut*, elle ajoute, *tu as raison de ne pas t'excuser, je ne supportais plus que tu t'excuses quand il pleuvait, quand le bus était en retard, quand je me cognais toute seule contre le coin de la table.*

Et sans rien ajouter, elle m'embrasse la joue.

Juste

la

joue.

Puis elle rejoint les autres, qui ont entrepris de chanter *Bella ciao*, un chant révolutionnaire récupéré par l'industrie du cinéma et de la télé, mais un beau chant tout de même.

Et si je meurs en tant que partisan
tu devras m'enterrer
m'enterrer là-haut sur la montagne
Ô ma belle, au revoir, au revoir, au revoir,
m'enterrer là-haut sur la montagne
à l'ombre d'une belle fleur…

Et j'ai envie que jamais jamais jamais la chanson ne s'arrête.

Remerciements

Durant l'écriture de ce roman, j'ai bénéficié d'une résidence de création à la médiathèque intercommunale de Longwy (Meurthe-et-Moselle). Merci à Marie-Hélène Brice d'avoir rendu tout ça possible, merci à toute l'équipe de l'association Caranusca, merci à Lucile Dupuich, Aude Galtié et à toute l'équipe de la médiathèque, merci à la direction régionale des affaires culturelles du Grand Est, à Serge Basso de March et à Jean-Paul Guilianelli pour les histoires de la sidérurgie.

Les livres appellent les livres, c'est en lisant que j'écris, chaque nouveau livre se nourrissant du terreau de mes lectures. Voici une bibliographie incomplète des ouvrages inextricablement liés à ce roman : Éric Hazan, *La Dynamique de la révolte* (La Fabrique, 2015), Frédéric Lordon, *Vivre sans ? Institutions, police, travail, argent…* (conversation avec Félix Boggio Éwanjé-Épée, La Fabrique, 2019), Marielle Macé, *Nos cabanes* (Verdier, 2019), Virginie Maris, *La Part sauvage du monde* (Seuil, 2018), Baptiste Morizot, *Manières d'être vivant* (Actes Sud, 2020), William Morris, *Comment nous pourrions vivre* (Le Passager clandestin, 2010), Josep Rafanell i Orra, *Fragmenter le monde* (éditions divergences, 2018), Henry David Thoreau, *La Désobéissance civile* (traduit de l'anglais – États-Unis – par Jacques Mailhos, Gallmeister, 2017), Henry David Thoreau, *Walden ou la vie dans les bois* (traduit de l'anglais – États-Unis – par L. Fabulet, Gallimard, 1922). Si jamais certains d'entre vous ont envie de continuer la conversation…

Enfin, je tiens à remercier mes enfants, Zoé, Louna et Mélio, qui me donnent envie de ne pas mettre genou à terre et de ne pas accepter ce que presque partout on nous présente comme inéluctable. À défaut de pouvoir changer le monde, l'enjeu est de le rendre supportable et d'inventer localement nos façons de l'habiter, car, comme l'écrit le philosophe irlandais John Holloway, *La révolte consiste moins à détruire le capitalisme qu'à refuser de le fabriquer.*

Du même auteur à *l'école des loisirs*

Collection MÉDIUM

Plus haut que les oiseaux
Et les lumières dansaient dans le ciel
La plus grande peur de ma vie

Collection M+

Aussi loin que possible
Dans la forêt de Hokkaido
Les étrangers (avec Olivier de Solminihac)
L'homme qui voulait rentrer chez lui
Tenir debout dans la nuit
Teenage riot (avec Olivier de Solminihac)
La Gueule-du-Loup

Cet ouvrage a été achevé d'imprimer
sur Roto-Page
par l'Imprimerie Floch à Mayenne
en août 2023

N° d'impression : 102872
Imprimé en France